口袋裡的糖果樹

楊　明　著

自序

楊明

常常一個人穿過屋後的小街散步到超市買東西，上午的小街有著賣菜和水果的小販，蔬菜水果依循四季更迭輪流登場，買菜的人穿梭其間，我看得興味盎然。旅行到其他城市時，我一樣愛逛市場，覺得那裡呈現了最簡單也最真實的生活，思索著今天吃什麼？糖醋排骨配素炒銀芽，紅燒牛腩和蠔油芥蘭，我總是只挑選幾樣東西，有時候是一盒草莓和一把青菜，這樣第二天才有藉口走上同樣的路線，現代人生活太忙碌，有閒情天天逛市場，都有懶散之嫌。

也許，我們把生活過得太緊湊，然而，真的需要這樣嗎？緊湊之中，又多得了些什麼呢？是不是忘了留點時間給自己，可以品嚐美味的食物，可以用心談戀愛，可以做自己喜歡做的事。

寫小說一直是我最喜歡的事。

很慶幸寫了二十年，依然沒有失去熱情，從初時拿著原子筆在稿紙上一格一格的寫，到後來對著電腦螢幕一個按鍵一個按鍵的敲，始終維持著極高的興趣。對我而言，寫作像是一種嗜好，只要還能寫，生活自然就豐富了起來。曾經有個朋友對我說，作家其實都有心理問題，只不過藉著寫作完成自我療癒，也許真是如此吧！

開一間小小的餐廳，則是年輕時的夢想。這幾年陸續結識了一些從事餐飲業的朋友，發現吃真是一門學問，講究起來更添吸引力。雖然在現實生活中，我沒能實現開餐廳的夢，但是至少可以常常品嚐美食，美食和愛情有很多相通之處，需要獨到的眼光挑選材料，細心掌握火候，運用智慧搭配，過程中每一個步驟都不能輕忽，才能得到期望的成果。

有時候，我們會希望愛情可以像是放在口袋裡的糖果，隨時可以拿出來品味其中的甜蜜，然而，愛情是有生命的，沒有人能輕易掌握，糖果自顧自地長成了糖果樹，有人攀爬樹枝摘下愛情糖果，有人卻不小心摔了下來，只能望樹興嘆。

因為難以掌握，愛情所帶來的幸福也就分外值得珍惜。

發生在「糖屋子」三個女人身上的愛情故事，很可能你也遇到過：因為情人的舉棋不定而煩惱；一心飛上枝頭而忽略了身邊的幸福；以為自己跌入谷底不知道幸運即將降臨，只要你願意堅持。我們永遠不知道明天的事，所以生命才更值得期待，今天更要勇敢面對。

每寫一本書，都是一次和讀者的相遇。是完成，也是開始。就像是廚師做完一道料理，送到客人面前，期待客人吃完有幸福的感覺，有溫馨的回味。

Candy House
本日特餐

當你喜歡一個人的時候，
你會想親手為他做些什麼，
好比煮一碗麵，煎一個蛋，
或是烤些香噴噴的小點心，
但是你不是專業料理高手，
所以煎的太陽蛋可能不夠圓，點心有些焦，
這些都不要緊，他如果也喜歡你，就不會在意，
因為你對他的愛，
所以心意已經注入每一道菜中……

2

這世上最難承受的寂寞，不是獨自從白天等到黑夜，而是你一直守在你深愛的人身邊，他卻毫不在意。

秋天，臺北巷弄裡一家小小的義大利餐廳，陽光慷慨潑灑在義大利國旗紅綠白三色的遮陽棚上，還有寫著店名「糖屋子」的小巧店招。這家惹人忍不住多看一眼的小餐廳，散發出溫暖甜美的氣息，經過的路人即使已經吃了飯，也會停下來看看放在餐廳門口的黑板上，今日菜單有哪些菜色。

十二點三十分，一個穿著藍色無領襯衫的男人推門走進餐廳，在角落唯一一張空著的檯子坐了下來，他不用看菜單，就完成了點餐，然後安靜地等待，偶爾喝一口桌上的水，他看起來很專心的在等待他的食物。

晴晴端著幾只空了的盤子，走進廚房，靠在料理臺旁，對正在煎干貝的唐文說：「蒜味辣椒先生又來了，我想他愛上你了。」

「愛上我做的麵。」唐文糾正晴晴。

「你的麵裡有魔法，一定下過咒語，他一個月裡有半個月在這裡吃蒜味辣椒炒麵，他至少可以偶爾換吃蕃茄海鮮麵、白酒蛤蜊麵或是奶油鯷魚麵啊，我們的菜單上有十種義大利麵，他卻永遠點蒜味辣椒麵，你不覺得奇怪嗎？」晴晴一邊說，一邊將手上的盤子放進水槽，端起料理臺上的冷盤出去，今天的冷盤是蘆筍干貝。

「也許他是個專情的人。」唐文隨口說，聲音太低，晴晴沒聽到，廚房的門在晴晴身後闔上，唐文看不見餐廳裡的情形。

事實上，唐文並沒有見過蒜味辣椒先生，這個名字是晴晴取的。臺灣的客人除非對餐點不滿，很少會要求見廚師，他吃唐文做的麵，至少已經吃了一百碟，但他們沒見過面。蒜味辣椒炒麵其實是一種很簡單的義大利麵，就因為太簡單，沒有多餘的醬汁調味來做掩飾，做得好不好反而更明顯。

唐文在鍋中倒進橄欖油，然後將培根放入燒熱的油裡煎，將培根的香味煎出，也將多餘的油脂煎出，然後撈出培根，放入蒜片翻炒，大蒜炒香之後，接著丟入辣椒，最後拌炒麵，炒好的麵泛著金黃色的光澤，略帶辛辣的香味讓人胃口大開。

唐文選擇做廚師，許多人都感到詫異，連她的老師都說，女孩子做廚師太辛苦，不論東西方，大廚幾乎清一色全是男性，這是有原因的。不但是因為腕力、臂力，甚至腰力的運用，也因為廚房中長時間站立工作，並不適合女性的生理結構，所以當初唐文唸餐飲管理學校，老師都建議她做行政，或者是取得品酒師執照，擔任飲務部經理。除了覺得女性不適合廚房工作外，也有一部分是覺得唐文長得太靈秀，待在廚房天天任由油煙燻烤，有點於心不忍。

但是唐文打定主意要做廚師，這是她從小的心願，所以她才會去唸餐飲管理學校，在瑞士取得文憑，她向臺北幾家知名飯店寄出履歷，和她聯絡的，在面談後都希望她在公關部服務，最後，她只好向銀行貸款，自己開了一家餐廳，實現當廚師的夢想。廚房裡的工作，她請了一個助手海兒，她是一個臉上常掛著微笑，有一對甜美酒窩，充滿溫暖感覺的女人。一開始，唐文的菜單上只有五種義大利麵供客人選擇，現在麵品有十種，每天還輪流安排不同的湯和冷盤，最讓唐文開心的是現在店裡還有幾款甜品推出，都是她親手做的，義大利麵和蛋糕是她的最愛。

當你喜歡一個人的時候，你會想親手為他做些什麼，好比煮一碗麵，煎一個蛋，或是烤些香噴噴的小點心，但是你不是專業料理高手，所以煎的太陽蛋可能不夠圓，點心有些焦，這些都不要緊，他如果也喜歡你，就不會在意，因為你對他的愛，所以心意已經注入每一道菜中，吃到的人就像是吃籤條餅時，拿到寫著「愛情已經靠近你」的籤條。

唐文現在心裡沒有喜歡的人，但是能讓喜歡她手藝的客人吃到她親手做的料理，還是很開心。她一直相信，有一天會遇到她所等待的人，她唯一煩惱的是，遇到的時候，她會知道嗎？

「蒜味辣椒先生說，今天的麵和以前一樣好吃，起士蛋糕是他曾經吃過最美味的，所以他問，可不可以訂一個起士蛋糕，星期六來取。」晴晴一進廚房，就迫不及待的轉述，她是一個好侍者，對客人充滿興趣，有時唐文擔心她的好奇心太重。

「告訴他，沒問題。」唐文說，她的起士蛋糕不但用料足，而且底下的脆餅用的是燕麥和楓糖，香脆爽口，配上濃濃的起士，當然好吃，綿密配脆爽的口感，再完美不過了。

依照晴晴的描述，蒜味辣椒先生總是一個人來吃午餐，也許他的公司在附近，唐文的餐廳不大，開在臺北東區巷子裡，來吃飯的人差不多都是附近的上班族，一個人用餐的很少，為什麼他不約朋友或同事一起來呢？唐文不好奇為什麼他只吃蒜味辣椒麵，她好奇的是為什麼他總是一個人用餐。

下午廚房休息時間，唐文到附近逛百貨公司，她想替嫂嫂買一份生日禮物，下個星期是她的生日，雖然餐廳也提供下午茶，但是蛋糕是做好的，晴晴可以應付。唐文來到飾品專櫃，她想挑一對珍珠耳環。

在玻璃櫃前看了一陣，唐文挑了一對粉色珍珠耳環，正要離去，身旁一個男人喊住唐文。

「小姐，很冒昧，你可以試戴這條項鍊給我看看嗎？你的臉型和我女朋友很像。」

唐文停下腳步，男人挑的也是一串珍珠項鍊，粉紅色、淺黃色和淺紫色的珍珠綴在白金項鍊上，這是新款，唐文在雜誌上看過。她將項鍊掛在頸上，售貨員立刻調整了玻璃櫃上鏡子的角度，方便唐文看。但是這條項鍊不是唐文要的，如果是她，她會挑選一條式樣簡單一點的，好比底下吊著珍珠綴飾的Y字形項鍊。她轉向男人，問：「為什麼不帶你女朋友一起來挑？」

「這個生日禮物，我希望她收到時有一點驚喜的感覺。」

唐文點點頭，男人有一副低沉的嗓音，好聽而性感，一點都不做作，很適合在電話裡說情話那種，無論什麼時候聽到，都讓人心裡一暖，可惜有這樣聲音的男人已經是別人的情人。

「就這一條吧。」男人對售貨員說，售貨員拿出一只精緻的盒子，唐文解下項鍊遞給男人，男人道謝後，唐文便走了，她還要去買一張生日卡。

沒想到，在文具部她又遇到了那個男人，兩個人一照面，都笑了。唐文想也對，既然他買的是生日禮物，當然也需要一張生日卡。

唐文抽出架上一張寫著：「你是我的最愛！」的卡片遞給男人。

男人看了後，笑了起來，因為卡片上漫畫式誇張的圖案吧，對唐文說：「這太露骨了，不適合我，你好，我姓梁，梁深，深情的深，半個小時之內遇到兩次，也算緣分吧。」

「我姓唐，唐文，文章的文。」唐文學他的語氣自我介紹，然後她指指他手上的提袋，問：「你的女朋友喜歡珍珠嗎？」

「她喜歡很多東西，但是這一回我猜她想要的生日禮物是一枚鑽戒。」梁深說，顯得有些無奈。

「她希望你求婚。」

梁深點點頭，說：「女人似乎認為一個男人願意和她結婚，才是真的愛她。」

「即使她並不想嫁給他，也希望他開口，好讓她拒絕他。」唐文說完笑了：「一點小小的虛榮心吧，知道自己是被人追求，被人渴望的。」

「如果她會拒絕我，我倒可以考慮開口。」

「你不想結婚。」

「現在不想。」梁深挑了一張很普通，上面畫著美麗花卉的生日卡。他拿過唐文手中的生日卡，一塊去結帳，唐文打開手袋要拿錢，梁深阻止她，說：「就算你接受我一點小小的謝意吧。」

「謝什麼？幫你試項鍊嗎？」

「還有聽我這些牢騷。」

唐文和梁深搭電梯下樓，在百貨公司門口分手。她慢慢散步回餐廳，天氣很好，她想待會兒回到餐廳要做一道烤麵包布丁，這樣的天氣，吃一碗烤麵包布丁配紅茶，真是再適合不過了。唐文想著剛才梁深說的話，女人都希望男人求婚嗎？唐文最近的一次戀愛，是在瑞士唸書時和一個日本男孩，他們在一起兩年，最後日本男孩要畢業了，而唐文還要一年才能畢業，他說可以留下來陪唐文，暫時在附近的酒店實習，等唐文拿到文憑，兩個人一起回日本。

唐文不想去日本，她不想和他一起去他熟悉，但是她陌生的國度，她不知道，如果當時男孩提議和她一起回臺北，又或者兩個人一起去義大利或法國，是不是他們現在還會在一起？唐文已經很久沒想起他了，想起他的同時，也突然想起其實他們分手也還有些別的原因，只是唐文不想再去回憶，有人問起，她也都是照著上述的版本回答，她不想和他去日本，所以他們分手了。

想這些做什麼呢？都是梁深勾她想起這些往事，她已經三年沒見到那個日本男孩了，而梁深，這一輩子，說不定唐文都不會再遇到他，但是那種遇到一個好男人，卻發現他已經有女朋友的遺憾，還是隱約盤據在心頭。

唐文開餐廳時，嫂嫂說：「你自己做廚師，天天躲在廚房裡，怎麼交得到男朋友？」

現在想想，還真讓嫂嫂說對了，兩年來，只有賣葡萄酒給她的馮國衛追她，她真的連談戀愛的機會都沒有，她喜歡整天對著彩椒、花椰菜、南瓜、胡蘿蔔各式各樣的食材，但是二十五歲的女人，不是應該沉浸在戀愛中嗎？唐文買了一條麵包，回到餐廳開始做烤麵包布丁。

「這是今天晚餐的甜點嗎？」海兒問。

「不是，是我自己想吃，你也嚐一點，很好吃的。」唐文回答。

「你想談戀愛？」海兒說。

「不是，我只是想吃甜點。」

「對，渴望被愛的人，用甜點來彌補心裡那塊空虛的地方，相信我，我是過來人。」

唐文覺得海兒說得太荒唐了，她只不過想吃一碗烤麵包布丁。

「真的，那時候我老公因為外遇要和我離婚，我天天都想吃甜點，吃完一塊巧克力蛋糕，稍稍覺得好一些，但是一會兒又覺得空，只好又吃第二塊，身材才變成這樣。」

海兒低頭看著自己嫌胖的腰身，其實她並不能算胖，她的骨架小，卻有勻稱的肉感，飽滿的胸部和渾圓的臀部，所以給人一種豐滿的感覺。

「什麼東西？好香啊。」

「唐唐想戀愛。」海兒搶在唐文之前回答。

「什麼？」晴晴睜大眼睛。

「沒什麼，只是烤麵包布丁，烤好了，吃一些吧。」唐文打開烤箱，撲鼻的香氣暫時給了她一種幸福的感覺，但是吃完之後，是不是真的會感到空虛呢？因為她其實真正想要的並不是一碗烤麵包布丁，而是愛上一個人。

晴晴還想問，正好這時候海兒的女兒嘉嘉來了，她放了學會來餐廳找海兒，在這裡做功課和吃晚餐，大約八點和海兒一起回家。嘉嘉是個甜蜜體貼的小女孩，雖然她也想念爸爸，但從不會在海兒面前表現出來，也許因為海兒給了她全部的愛，雖然不完整，但嘉嘉知道，媽媽盡力了，而她的爸爸在有了新太太之後，並不常想起她。

「嘉嘉來吃點心。」唐文說著，盛了一碗烤麵包布丁給嘉嘉。

嘉嘉坐下來吃，很安靜，這個小女孩有心事。

「我們的小乖怎麼了？今天在學校有什麼事嗎？」海兒溫柔的摸了摸嘉嘉的頭，問道。

「不是學校，是剛才我在路上看見爸爸。」

「你們講話了嗎？」海兒問，她仍然可以感覺到自己的心微微揪在一起，雖然他們離婚已經兩年了。

「沒有，我想他已經不認識我了。」嘉嘉失望的說。

「怎麼可能，他只是沒看到你罷了。」海兒說。

「他已經半年沒來看過我了，半年前我是長頭髮，現在剪短了，而且我長高了，他什麼都不知道。」嘉嘉說。

「不會的，即使你長高了，還是他的女兒，你知道爸爸是個近視眼，路上人多，他沒看到你，你可以叫他啊。」

「叫他，然後呢？然後對他說，爸爸，我是你的女兒嘉嘉。」嘉嘉嘟著嘴。

「嘉嘉，爸爸沒來看你是因為他在辦移民，前陣子他不在臺北，你生日時，他不是送了你一套故事書嗎？」唐文安慰嘉嘉，她知道其實那套故事書是海兒買的，海兒不希望嘉嘉以為爸爸不愛她。

「他們移民去加拿大以後，他就不會來看我了，對不對？」嘉嘉問。

「加拿大很遠，坐飛機也要十幾個小時，但是我確定他會想念你的。」唐文說。

「我寧願他去加拿大，反正他在臺北也很少來看我，他去加拿大，我至少可以跟同學說，他在國外，所以沒法來看我。」

海兒的眼眶紅了，唐文拍拍嘉嘉，七歲的小女孩已經懂得為自己、為別人找藉口，真讓人心疼。

「嘉嘉今天功課多不多，晴晴姐教你做。」晴晴岔開話題，向嘉嘉使了個眼色，嘉嘉發現媽媽不開心，也配合著晴晴，從書包拿出作業簿，給海兒看：「媽，老師說我功課寫得很好呢，而且作業簿還有一股淡淡的奶油香。」

海兒笑了，還好有嘉嘉，不然她的生活真是太孤單了。

愛情真的可以讓人比較開心嗎？唐文不知不覺又吃下一碗烤麵包布丁，她替海兒感到難過，但是雖然海兒的老公背叛了她，說不定她覺得也好過從來沒有愛過，找一天，唐文想問問她，後悔嗎？也許這問題有些殘忍，但如果確定自己並不後悔，至少可以坦然接受自己的人生。

晚上，當用餐的客人走得差不多時，馮國衛出現了，他總是選在這時候出現，藉口請唐文試酒，和她聊上一兩個小時，等餐廳打烊，然後什麼都不提的陪她走回家，他盡量裝作若無其事，彷彿他本來就要往唐文家的方向走，因為他連「我送你回家」這樣的話都沒說過，唐文反而不知道如何拒絕了，真要拒絕，反而顯得自己多心。

「試試看這支酒，智利的紅酒，口感很好，而且價格不高，佐餐很適合。」馮國衛說。

唐文切了一小碟煙燻起士，拿了兩只紅酒杯，馮國衛已經先將紅酒打開，讓酒醒一下，然後倒入杯中，輕輕搖晃杯子，增加酒和空氣的接觸，再將杯子遞給唐文，唐文先聞了聞，接著喝了一口，讓酒在口腔中停一下，口感真的不錯，有果香，單寧柔和，算是很順口的酒，適合女性，而唐文的餐廳客人也以女性居多。

「這酒怎麼樣？」國衛問。

「不錯，我一直很喜歡智利的紅酒，你先拿一些來，我試賣看看。」唐文又喝了一口，她突然有了喝酒的心情。

「找一天請你吃飯。」

「請開餐廳的人吃飯，有意思。」唐文笑著說，這是國衛第一次向她提出邀約，他出國試酒時，回來總會帶一份小禮物給她，但是提出約會，這還是第一次，這算是約會嗎？還是和客戶間的應酬，唐文的餐廳酒賣得不多，就算是客戶，她實在也只能算是國衛微不足道的小客戶。

「我最近業績不錯，你知道前一陣子流行喝紅酒吃起士減肥。」國衛說。

「有用嗎？」唐文好奇的問，葡萄酒糖分高，熱量應該不低。

「我不知道，不過至少一些原本不喝酒的女性，開始嘗試喝紅酒了。」

「喜歡喝酒的女性，也找到了理直氣壯的藉口。」

唐文和國衛邊喝紅酒邊聊天，餐廳打烊時，兩個人剛剛好喝完一瓶紅酒，晴晴先走了，國衛幫著唐文收拾好，陪她走回家，像許多個夜晚一樣，國衛若無其事的講著一些瑣事，唐文心裡想，國衛其實算是一個還不錯的對象，為什麼她一直對他沒有感覺，也或者並不是沒有，而是連她自己都不知道，因為國衛的追求始終是不著痕跡的，如果他更積極一點，會改變她的感覺嗎？當然這改變除了願意接受外，也可能是決定拒絕。

到了唐文住處，唐文拿出鑰匙。

「早點睡，酒我明天送來。」國衛說。

唐文點點頭，也許這樣的關係對兩個人而言就是最好的，有一點曖昧，又有一點距離。

週末，蒜味辣椒先生來了，和往常一樣，他點了一份蒜味辣椒炒麵，他預定的起士蛋糕，唐文已經做好，裝在紙盒裡，紮了漂亮的緞帶，唐文猜可能是生日蛋糕，所以還幫他準備了蠟燭。

「你猜對了，有人過生日。」晴晴進廚房時說。

「是女朋友嗎？」海兒問。

「怎麼你也變得和晴晴一樣八卦。」唐文說。

「海兒一直很八卦，你沒發現罷了。」晴晴對唐文說，又轉向海兒：「我問了，不過他只笑一笑，沒回答。」

「也許人家結婚了，是太太過生日。」唐文隨口說。

「他沒戴結婚戒指。」晴晴搶著回答。

「你連這也注意了。」唐文覺得不可思議。

「我有直覺，他和唐唐有緣分，他可能根本暗戀唐唐，所以常常一個人來吃麵，蒜味辣椒先生至少比馮先生適合唐唐。」晴晴說。

「你又知道了。」唐文不以為然的搖搖頭，她突然想起梁深，他的女朋友也過生日，她喜歡那份禮物嗎？

「馮先生有什麼不好。」海兒對馮國衛印象不錯，可能因為他對嘉嘉很好，海兒說喜歡小孩的男人才是好男人。

隔了幾天，下午餐廳來了個裝扮入時的女子，她點了一杯茶，問晴晴可不可以和廚師談一下，唐文出來了，晴晴告訴她以前沒看過這個客人。

「你好，我是唐文，有什麼事嗎？」唐文發現這名女子不僅長得很漂亮，而且五官細緻，髮質尤其難得的好，顯然她自己也知道，留了一頭長髮披在肩上。

「我姓成，我想請你做外燴，時間是下週三下午，一場雞尾酒會，在我家裡，供應一些點心、紅白酒……」女子自顧自的往下說。

「對不起，我不做外燴。」唐文打斷她，她試圖表現得優雅些，但是女子的態度像是唐文已經答應她了，不過是有些細節還沒交代清楚，這令她有些莫名其妙。

「我可以加錢，場地布置我自己會弄妥，餐具用免洗的，所以你不用準備，只要十幾樣點心，像是哈密瓜火腿、煙燻鮭魚、鵝肝醬……」

「我想你沒弄懂我的意思，我們餐廳人手有限，所以沒法接外燴，如果你願意，可以在我餐廳包場辦酒會。」

「可是那是一場慶祝喬遷的酒會，當然要在我的新家辦，怎麼能在你餐廳辦？」

「我認識一家餐廳有做外燴，我可以給你他們的電話……」

「不行，我邀請的客人中，有一位對我而言很重要的人，他特別喜歡你們的料理，一場雞尾酒會，費用五萬元，二十人份，你考慮看看。」女人放下一張名片，她的語氣和姿態充滿信心，似乎認為唐文一定會答應她。

女人走了，留下一陣香氣，唐文對香水所知有限，她從來不用香水，認為那會破壞一個廚師嗅覺的敏感度。她的心裡有一點不舒服，當然她大可以不要理會，這個女人的姿態顯然高了些。

唐文回到廚房，開始醃晚餐要用的雞肉，才在料理碗中倒入胡椒，海兒就心慌意亂的走進來。

「唐唐，可不可以借我五萬元？」

「發生了什麼事？」

「嘉嘉在學校發生意外，額頭和小腿裂傷，她是女孩子，我怕她留下疤痕就糟了，所以帶她去一家很有名的整形外科縫傷口，整個手術費要五萬元，沒有健保。」

這麼巧，唐文想，都是五萬元，一個小時內，有人要給她五萬元，有人要向她拿五萬元，難道是冥冥之中，一股莫名的力量正促使她接下那份外燴工作嗎？為了開這家餐廳，唐文向銀行貸款，現在每個月賺來的錢，付掉所有開支之後，只夠還銀行，她也許是個好廚師，但實在不是一個好的經營者。她答應了海兒，克服心裡不舒服的感覺，打電話給成小姐，告訴她外燴需要預付全部款項，她一口答應，可能是怕唐文又改變主意，半個小時後就派人送來了五萬元，唐文開了收據給來人帶回去，轉身便將五萬元交給海兒，麻藥未退的嘉嘉還獨自留在醫院呢。

星期三很快就到了，下午其實是餐廳的空檔，唐文留下海兒一個人打點餐廳的生意，帶著晴晴依照地址來到成小姐家。她準備了十二樣點心，紅酒、白酒，有酒精和無酒精的雞尾酒各兩款，分別是鳳梨和蔓越莓口味。成小姐的新家在仁愛路上，客廳很大，有一整面落地窗，可以看到國父紀念館。客人還沒到，唐文將點心和飲料擺好，成小姐沒表示意見，她大概只在乎那位對她很重要的客人是否滿意。三點鐘，客人陸續來到，成小姐熱心地扮演著主人的角色，招呼大家吃喝，看來那個重要的客人還沒到，因為成小姐有一點不專心，她盡量表現得興高采烈，希望每個客人賓至如歸，但是她一直在留意時間。

三點半，門鈴響了，成小姐的朋友幫忙打開門，是梁深，唐文沒想到還會再遇到他，而且是在這種情況，她穿著一身毫無女人味的廚師服，手上還拿著一尺半長的切肉刀。很奇怪，圍裙有女人味，甚至還會引起某些男人遐想，但是專業的廚師服卻不會。

「啊，蒜味辣椒先生，他就是那位重要的客人嗎？」晴晴低聲說。

原來梁深就是蒜味辣椒先生，晴晴口中戲稱暗戀唐文的愛慕者，唐文心中以為的料理知音，第一次在百貨公司見到他，就讓她心亂了一個下午，原來如此，他們早該認識的，他吃她做的麵吃了一年，他們應該在更好的情況下認識對方，發現這累積了一年的默契，而不是在他女朋友的派對上。

「你們？」顯然梁深的訝異不亞於唐文。

「我特別找來了你最喜歡的廚師。」成小姐將自己的手插入梁深的臂彎。

「你的女朋友真體貼。」晴晴說。

「訂婚酒會到時候也要麻煩你們喔。」成小姐甜蜜的說。

有耳尖的客人聽到了，立刻好奇的問：「訂婚，什麼時候？」

「只等梁深開口啦，他還沒向我求婚呢！」

梁深假裝沒聽到，向一個剛轉過身的人打招呼：「小林，好久沒看到你，有沒有內線消息，透露一下吧。」語氣的熱烈超乎尋常。

那位小林果然興致勃勃地聊起股票經，一邊稱讚今天的鵝肝醬好吃，又拿了好幾塊鵝肝醬餅乾，小林完全沒注意到成小姐臉色變了，一口喝盡杯中的白酒。

五點，酒會的客人有些還興致勃勃，約著去哪兒吃晚餐唱歌，有些已經意興闌珊，唐文和晴晴將東西收好，預備要走，成小姐叫住她，掏出幾張千元鈔票，說：「辛苦了，這是小費，下次選好一點的酒，應該要有香檳，加錢不要緊。」

「我們不收小費。」唐文簡單的回答，她注意到梁深正往這邊看，這讓她臉上一陣發熱。

終於，唐文和晴晴離開成小姐豪華的家，晴晴走出電梯時抱怨：「你是老闆，不收小費就算了，怎麼連我的小費也擋掉了。」

唐文忽略了晴晴，只好說：「對不起，我因為不喜歡成小姐的態度，你不覺得她有點盛氣淩人嗎？」

「有錢嘛，你看看她那房子，少說要兩千萬。」晴晴說：「我本來看中 Esprite 十字型手錶，今春限量上市的錶款，剛好可以用那小費買。」

唐文沒有搭腔。

「你是不是和蒜味辣椒先生見過？他看你的眼神不太對勁。」晴晴真是八卦又敏感。

「別瞎扯了。」唐文打斷她，人家有要好的女朋友了，美麗又多金，她不想繼續這個無聊的話題。

隔天，唐文又在下午的休息時間去了百貨公司，刷卡買了晴晴看中的手錶，算是對晴晴的補償，沒想到又遇到了梁深。

「真巧。」梁深見到唐文時說。

「是啊，你該不會在這裡上班吧。」唐文說。

梁深笑了：「我很喜歡吃你做的麵，以前一直想看看那麼好吃的麵是什麼樣的人做的，我以為廚師是男的，想不到是這麼年輕的女孩。」

「所以你的未婚妻費心找我去做外燴。」

「你不要誤會，她不是我未婚妻。」

「女朋友和未婚妻差別不大。」

「不是你想的那樣。」梁深說，語氣很無奈。

唐文不想問他，不是她想的那樣，又是怎樣？兩個人的對話無以為繼，售貨員將包裝好的手錶遞給唐文時，唐文藉口說餐廳還有事，轉身要走，梁深遲疑了一下，又喊住她：「唐小姐，明天中午，我去你餐廳吃飯。」

唐文點點頭，他其實不用說的，她開餐廳，客人來吃飯很平常，為什麼他要特意告訴她呢？走在路上，唐文仍然反覆想著這個問題，也許她剛才應該回答：「我會幫你留張檯子。」這樣就更加釐清自己的立場，破解他這句話可能有的其他涵義，但是她不想，她知道，她其實希望他的心情和她想的一樣，是曖昧不明的。

至少她可以期待明天，她要在他的麵裡加進一點野菇，他會明白這是一種默許嗎？

他對她而言，不僅是一個客人。

西方有一個哲學家說，
人生有兩大悲劇：
一個是得不到你想要的東西，
另一個是得到了你不想要的東西。
一個希望擁有安定感情的人，
卻偏偏得到了一個負心的丈夫，
有時候海兒會問自己，擁有一段失敗的婚姻，
是不是還不如從來沒結婚？

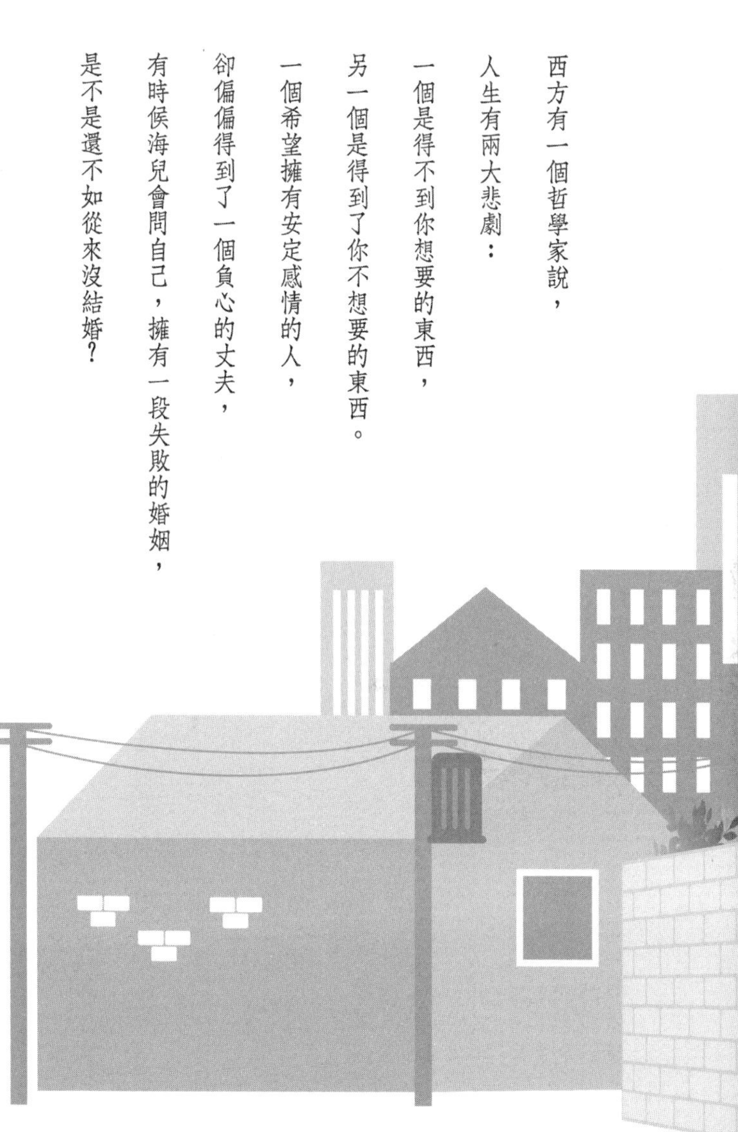

西方有一個哲學家說，人生有兩大悲劇，一個是得不到你想要的東西，另一個是得到了你不想要的東西。

一個希望擁有安定感情的人，卻偏偏得到了一個負心的丈夫。有時候海兒會問自己，擁有一段失敗的婚姻，是不是還不如從來沒結婚？每當她陷入這矛盾的想法裡時，只要嘉嘉一出現在她腦中，答案也就出現了，嘉嘉就是那個答案，雖然婚姻帶給她很大的傷痛，但是也帶給她最珍貴的寶貝，那就是嘉嘉。

嘉嘉腿上的傷逐漸好了，醫生說疤痕會愈來愈淡，耐心擦藥，將來幾乎看不出來有疤，海兒在電話中告訴前夫儒磬嘉嘉受傷的事，她以為儒磬總會抽空來看看嘉嘉，結果沒有。

海兒回想一年前發現儒磬的外遇時，最初他一直瞞著海兒，海兒也並沒有懷疑，只是儒磬在家的時間愈來愈少，海兒打他的手機，他關機的次數愈來愈多，即便原本不是多心的性格，海兒也開始感到不對勁。一天，儒磬到了晚上十點還沒回家，海兒打他的手機，果然又是關機，她不死心，十一點又打了一次，手機接通了，但接電話的不是儒磬，是一個聲音很甜的女孩。

「溫太太嗎？儒磬回去了，大概再過一會兒就到了。」女孩說，態度很從容。

「他的電話怎麼在你這兒？」海兒問，反倒是她既不安又緊張，為什麼儒磬的手機會在一個女孩手裡，後來回想起來，海兒才明白，一開始她就落了下風。

「他忘了拿，明天他來時，我會還給他。」

「你是……」

「我是他的朋友，溫太太，再見。」女孩說完，把電話掛了。

海兒的腦中竄進各種念頭，儒磬有外遇了。不，不會的，也許是他的同事，他的手機忘在了辦公室，同事看見了，先幫他保管。海兒企圖為儒磬找出合理的藉口，因為她知道自己無法承受儒磬有外遇的可能。慌亂中，她想倒杯水給自己，結果杯子沒對準飲水機的出水口，另一隻手已經按下按鈕，滾燙的熱水直落在她的手背上，她痛得驚呼一聲，杯子應聲落地，摔了個粉碎。她顧不得手背又腫又紅，她的心亂得不得了，根本沒法思考。不行，她要弄清楚究竟怎麼回事，她是儒磬的太太，她有權利知道。海兒又撥了電話過去，那時候她還不知道自己其實根本就沒有承擔這一切的心理準備，她以為即便儒磬有了外遇，一旦被她發現，儒磬還是會選擇她和嘉嘉，會求她原諒，離開那個一時讓他迷戀的女人。

「剛才你們在一起？」電話接通後，海兒問。

「不只是剛才，我們在一起好幾個月了，讓我想想，正確一點說，應該是快一年了。」電話那頭的女孩說。

她不是儒磬的同事，原來儒磬的晚歸是為了她，他真的有外遇。

「你不知道他有老婆孩子嗎？」海兒的語氣裡有責備，也有質疑。

「我知道，但是你知道太多對你並沒有好處。」女孩說完，又把電話掛了，海兒再打去，這一回她連手機都關了。

儒磬回來，什麼也沒說，逕自進了浴室洗澡，海兒發現自己氣得全身發抖。他們戀愛三年，因為她懷了嘉嘉，兩個人匆忙結婚。為了這個家，她每天從早忙到晚，她以為只要儒磬愛她，這一切都值得，儒磬卻背著她有了別的女人。現在想想，儒磬已經很久沒有對她說過一句關心的話語，甚至沒有好好看過她一眼，她原以為是他工作壓力大，還提醒自己別拿小事煩他，沒想到竟然是因為他們的婚姻有了第三者，她勉強鎮定，在門外問：「你的手機呢？」

「忘在辦公室了。」儒磬隨口說。

海兒這時候比較冷靜了，她想在自己還沒決定該怎麼做之前，先不要逼問他，她如果說出剛才電話的事，儒磬也不會承認。那一夜，海兒徹夜未眠，想起過去和儒磬的戀情，心裡一陣陣絞痛。天亮之後，她起床作早餐，用盡了全身的力氣，才能裝著若無其事送儒磬出門上班。其實她裝得並不好，她臉色蒼白，手指發顫，只是儒磬不再在乎她，所以才沒發現。海兒想，也許可以先找那個女人談一下，海兒天真的以為女人比較了解女人，當那個女孩知道自己介入的是一個原本可以幸福完整的家庭時，她會願意為了一個無辜小女孩能快樂長大，而退出這一段不倫戀情。

海兒調出儒磬的行動電話通聯紀錄，找出紀錄中最常出現的號碼，海兒撥過去，果然是昨天那個女孩。

女孩同意見面，他們約在一家裝潢時髦的咖啡店，女孩穿著粉紅色露肩薄毛衣和白長褲，看起來很年輕。

「你們這樣交往下去，不會有結果的。」海兒企圖勸女孩，雖然她嫉妒她的年輕美麗，也恨她毫無道德感搶別人老公，但是她知道和她吵和她鬧，並不能得到自己想要的結果。

「我並沒有要他離婚。」女孩說，她用叉子吃著盤中的藍莓慕斯。

「難道你真不計較名份？」

「溫太太，你確定我們活在同一個年代嗎？」女孩笑了起來，雖然她的態度有些惡毒，表情卻還是一派天真。

「不管什麼樣的年代，只要婚姻制度存在，我就是在法理上站得住腳的那一方。」

「一個人要靠法律來保障自己的愛情未免太可悲了。」

海兒像是被擊中了要害。的確，一個女人留不住老公的心，要靠孩子來維繫婚姻已經很可悲了，如果還要依靠婚姻法，鬧上法庭告對方通姦，就更沒尊嚴了。

「如果我的愛情中有假想敵，告訴你，溫太太，我的情敵並不是你，而是嘉嘉。」女孩已經吃完藍莓慕斯，她喝了一口紅茶，慢條斯理的說。

「你說什麼？」

「你認為你有什麼條件和我競爭？嘉嘉不同，她很可愛，而且重要的是她身上流著儒磬的血。但是，你發現了嗎？儒磬不僅是情人節沒回家，你們結婚週年沒回家，更重要的是嘉嘉的生日和父親節，他都沒回家。如果我的對手不是你，我幹嘛在乎他離不離婚。」

「你心理不正常。」海兒說，眼前這個看起來甜美的女孩，原來如此變態。

海兒回到家，覺得自己似乎全盤盡輸。女孩說的沒錯，她原本的確以為女兒可以挽留住丈夫的心，至少他不會捨得讓女兒在一個破碎的家庭中長大，看來她錯了，她完全吃不下東西，勉強嚥下了，很快又全都吐了出來，那時候嘉嘉是她活下去唯一的理由。有一回，她整個白天沒吃東西，血糖低，頭暈得很，她想嘉嘉就要從幼稚園回來了，這樣不行，她逼自己吃了一塊烤吐司，立刻跑去廁所吐，嘔得聲嘶力竭，連胃酸苦水都吐出來了，趴在馬桶邊全身發顫，她不懂自己做錯了什麼，為什麼會碰到這樣的事。走投無路之下，海兒打電話給自己最好的朋友，她聽完所有線索後，先是安慰海兒，儒磬未必要離婚，只要他不想離婚，海兒就可以要求他結束外遇，回到這個家；如果他想離婚，至少在談離婚條件時，海兒要為自己和嘉嘉打算，女兒監護權歸她，財產也歸她，算是贍養費。

「嘉嘉的撫養費，別讓他按月給，到時你每個月都得向他討，有你氣受了。」海兒的朋友理智的建議她。

然而感情的事，並不是單憑理智就能解決。

海兒並不想離婚，她只是完全沒想到她的婚姻竟會發展到這一步，她被嚇壞了，又氣又傷心，發狂的感覺撕裂了她，她還沒有勇氣和儒磬攤牌。儒磬已經從那個女孩那裡知道海兒發現了，儒磬並沒有求她原諒，而是遞給了她一份離婚協議書。海兒起先不肯簽，儒磬索性連家都不回了。海兒爸爸六十大壽，全家人都到齊了，儒磬連陪她去作場戲都不肯。至此，海兒算是死心了，原本她想只要她不簽字，儒磬就永遠無法娶別人，但有什麼意義呢？他連在別人面前讓她難堪都不在乎了。

於是海兒打電話給儒磬，在電話中說，她要嘉嘉，儒磬想都沒想就答應了，海兒又說她要財產，她沒出息的暗自希望他不答應，至少還可以拖磨一陣，沒想到，他也很乾脆的同意了。後來海兒才知道，他名下的存款早就轉給那個女孩，她唯一拿到的是他們現在住的房子，而這幢房子的貸款和市價一樣高，海兒付不起貸款，只好將房子賣了，還掉貸款，什麼也沒剩。

海兒終於明白儒磬為什麼答應得這麼乾脆，那個女孩不僅變態，還很有心機，除了嘉嘉，海兒什麼都沒拿到。離婚後，海兒聽說，儒磬和女孩正在辦移民，在溫哥華買了一幢有游泳池的豪宅，房子登記在女孩的名下。

這一天晚上，餐廳打烊了，嘉嘉參加學校旅行，晚上不住在家裡。唐文買來好幾盒冰淇淋，核桃口味的、巧克力口味的、櫻桃口味的，三個女人在打烊後的餐廳，邊吃冰淇淋邊聊天，晴晴聽了海兒的故事後說：「她可真是個厲害角色，海兒，你沒聽人說過女兒是父親前世的情人嗎？本來今生是很難鬥得過前世，但是她如果連前世都鬥過了，你怎麼鬥得過她呢？」

「她會有報應的。」海兒說。

「這種想法只是自我安慰。」晴晴不以為然。

「也不見得。」唐文說：「我大嫂有個朋友也是老公外遇離婚，結果他和那個外遇對象結婚不到三年，又發生外遇了，這一回不是他，是他老婆，兩個人鬧上法庭。」

「我最近看了一本小說《手機》，通篇都是因為手機而敗露的偷情事件，作者大概認為如果沒有手機的問世，現在許多以離異收場的婚姻，其實都可以白頭到老吧。」晴晴說。

「不知道不代表不存在。」唐文說。

「對於不知道的人而言，存不存在又有什麼差別呢？」晴晴反問。

「唐唐，你不要嫌我囉唆，那位梁先生雖然人不錯，但是人家有未婚妻了，這可是真實存在，而且你也知道的事。」海兒提醒唐文。

唐文用勺子大口大口吃冰淇淋，她已經快要吃完一盒櫻桃冰淇淋了，海兒說的似乎沒有錯，人在心情空虛的時候，會想吃甜點，一大堆的甜點。

「海兒，他只有女朋友，沒有未婚妻，只要還沒結婚，都不算不道德，更何況我看他和他女朋友，原本就有問題。」晴晴說。

「你們兩個人扯太遠了，人家根本沒約過我，只不過來餐廳吃個飯，要講我的八卦，也應該是我和國衛吧。」唐文說，她放下空了的櫻桃冰淇淋盒子，又拿起一盒核桃冰淇淋。

「國衛？你根本對人家沒意思，誰都看得出來。」晴晴說。

「誰都看得出來，真的嗎？」唐文說，那麼別人是不是也看得出來她對梁深的確有好感呢？心虛的她又加了一句：「所以國衛應該已經放棄我了。」

「不，只有他看不出來。」晴晴的語氣誇張，一副誰來救救他的表情。

「國衛人不錯，你應該考慮考慮。」海兒說。三十歲的女人對愛情的看法實際多了，不像二十幾歲的小女孩。以前人家說，她還不信，現在自己孩子也生了，婚也離了，才覺得真是這樣。

「不管是國衛還是梁深，大家都有權力公平競爭。」晴晴說。

「人家對我有沒有意思都還不知道。」唐文自言自語，偏偏晴晴耳尖已經聽到，隨即嚷了起來：「人家？人家是誰？所以你對人家是有意思了，這好辦，交給我了，要我扮鶯鶯小姐我扮不來，扮紅娘我最拿手。」

「你別亂來，當心我開除你。」唐文故意恐嚇晴晴，她也真擔心晴晴對梁深胡說，要是讓梁深知道她喜歡他，她會很難堪的。

「為什麼你對蒜味辣椒先生的印象比國衛好？」海兒問。

唐文想了一下，試著解釋自己的感覺，對海兒和晴晴，也對自己，「國衛看到的我，是大家眼中的我，但是梁深發現了一些不一樣的我，他先是喜歡上我做的食物，那時他根本沒見過我，他是單純喜歡那味道。後來我們見面了，講過話，我知道我們溝通的頻

道是很接近的，梁深看見的我比國衛更豐富。」

「所以你不僅是比較喜歡梁深，也比較喜歡梁深看見的你。」晴晴問。

「有時候我們喜歡一個人，是和他所激發出的特性有關，同樣一個人，和不同的人在一起時，會展現出不同的特性。」唐文用勺子將盒中最後一點冰淇淋送入口中，然後放下空盒子。

「十一點了，兩位小姐該回家睡覺了，熬夜老得快喔，而且我們的唐唐已經吃掉兩盒冰淇淋了，再這樣吃下去，身材變形了，不管是梁深，還是國衛都會避之唯恐不及。」海兒站起身，兩手交握向上高舉，伸展著忙累了一天的身體。

唐文飛快將桌子上的東西收掉。她這個毛病真可怕，有心事就大吃特吃，不會變成暴食症吧。或者真像海兒說的，她猛吃甜食，是因為想談戀愛。

三個人將餐廳裡的燈關掉，然後關上門，站在餐廳門口，海兒突然說：「唐唐，我一直很羨慕你和哥哥的感情這麼好，雖然你們是同父異母的兄妹，很多同父同母的親兄妹感情都沒你們好。如果有一天，嘉嘉有同父異母的弟弟妹妹，我也希望他們感情很好，嘉嘉沒有兄弟姊妹讓我很遺憾。」

「說不定有同母異父的弟妹呢。」唐文說。

「少拿我尋開心。」海兒推了唐文一把。

唐文的母親當年認識父親時，父親剛和前妻離婚，五歲的兒子跟他。也許是因為當初離婚時，沒有怨懟，兩個人真心發現不適合，所以分手時很平靜，唐文的哥哥也就並沒有排斥新媽媽和新妹妹，他和母親交往的新叔叔也相處得不錯。不知道是不是因為小時候擅長應對人際關係，現在唐文的哥哥是一家外商公司的公關部門主管，唐文的父母如今移民國外，反而是他們兄妹來往得比較密切。

第二天，蒜味辣椒先生又出現了，當然還是點蒜味辣椒麵。晴晴進廚房宣布他來了，唐文突然有些不自在，原本她對他的好感只是祕密，現在海兒和晴晴都知道了，昨天她應該否認的。

兩點鐘，中午用餐的客人逐漸散去，晴晴端著盤子推開門進到廚房，不等盤子放下，先到唐文身邊說：「蒜味辣椒先生問：你可不可以出來一下？」

「天哪，你對他說了什麼？」

「我可什麼都沒說，該不是你太緊張了，把糖當成鹽，客人想反映一下。」

唐文摸了摸頭髮，希望不至於太亂，她穿著圍裙出來，假裝不在意他要見她。

「口味還合嗎？」唐文禮貌的問。

梁深楞了一下：「什麼？喔，你是說麵，麵很好。但我有別的事和你說，你可以坐一下嗎？」

唐文坐了下來。

梁深拿出一張請帖，說：「這是一場很特別的酒會，加拿大為了推廣鮭魚舉辦的，我想你可能有興趣，我們可以一起參加。」

「好啊，謝謝你。」唐文立刻答應了，雖然她對食材很有興趣，但是現在她寧願他邀請她看一場電影，就約會而言，那比較直接，也比較純粹。現在他約她參加推廣鮭魚的酒會，究竟算不算一場約會呢？

晴晴說，當然算，他只是怕被拒絕，所以先找一個名目。

酒會那天，唐文穿了一件黑色連身洋裝，黑色是最安全的顏色，無論出席正式和非正式的場合，都不會太突兀。中午，梁深依舊到餐廳吃蒜味辣椒炒麵。午餐結束，唐文將原本紮成馬尾的長髮鬆開，重新盤了起來，挽成一個髮髻，然後戴上一條寶格麗的項鍊，略施脂粉後，來到梁深面前。梁深的眼光充滿讚許，但是他沒說出「你今天特別漂亮」之類的話，只說：「真高興你答應和我一起去。」

茶會的地點選在郊區，是一間很寬敞而且很漂亮的餐廳，唐文因為從國外唸完書，回臺北不久，就自己開了餐廳，反而對其他餐廳了解不多。梁深問她：「來過嗎？這家餐廳的紅酒燴小牛肉做得很好。」

「沒來過，我去過的餐廳很少。」唐文有些遺憾的說。

「如果你有空，改天我請你來這裡吃飯。」

這應該算是約會了吧，還是只是禮貌？唐文又胡思亂想起來，所以對於他的提議，並沒有回答。

「野菇，那天我點蒜味辣椒炒麵，你卻在麵裡加了許多野菇，我本來以為是你的新做法，後來看看別人的盤子裡並沒有野菇，我以為，你和我一樣，已經將對方當作朋友。」

野菇，他注意到了，唐文的臉紅了，但是她大方的說：「好，找一天餐廳不忙的時候。」

「對，你自己開餐廳，約你去別人的餐廳吃飯，好像總是怪怪的。」梁深笑著聳了聳肩。

「也不會，看看同業怎麼經營，對『糖屋子』一定有幫助。」唐文這樣說原是不想讓梁深尷尬，說完又擔心梁深以為自己是想暗示他可以約她，不免陷入為難。

主辦單位說明加拿大鮭魚的種類和特色後，殷勤地鼓勵大家多試吃。現場有六張長檯，放置著各種鮭魚料理，食物只有吃過才知道滋味，而對味道的反應，又是絕對主觀的，就像愛情一樣，一個人急於擺脫的糟糠，可能是另一個人的珍寶。

唐文很認真的試吃，但是沒有過人的肚量，是不可能一次試吃眼前數十種料理的。當她放下盤子，梁深說：「這附近有個地方賞景不錯，還可以喝茶。」

唐文點點頭，主辦單位準備了白酒、冰酒、啤酒和果汁，但是現在她的確想喝一杯茶。

梁深開車帶她來到半山，可以清楚俯瞰臺北盆地，但是哪有地方喝茶呢？這裡杳無人煙，別說茶館了，連家小雜貨店也沒有。梁深從車裡拿出一只保溫瓶，然後拿出兩只白磁杯，倒了一杯給唐文：「是普洱茶，我自己從雲南帶回來的。」

唐文喝了一口，深褐色的茶湯，有一股溫厚的味道，此時正好去油解膩。她發現梁深是個很體貼的男人。

「雖然你並沒有問我成瑜楓的事，但是我還是想讓你知道，我不希望你誤會，以為你介入了什麼。瑜楓家和我家是世交，瑜楓的爸媽移民加拿大，但她在加拿大唸完書，嫌那裡生活悶，又跑回臺北，她爸媽只好託我照顧她。我承認她長得很漂亮，除了個性嬌了一點，也算是很可愛，工作能力強，我對她有過好感，但是那好感沒有到談論婚嫁的地步。但是她卻開始企圖掌控我的生活，利用別人尤其是我爸媽形成一種壓力，我已經三十歲，應該結婚了，她和我交往了三年，也應該有個結果。」

「你和她談過嗎？」

「談過，但是可能我說得太委婉，所以她索性假裝聽不懂。」梁深頓了頓：「我希望她遇到一個適合的男人，自己放棄我，我覺得女性被男性拒絕，受到的傷害比男性被女性拋棄大，所以我希望由她先說分手。」

「如果她情有獨鍾呢？」

「追求她的人不少，我想她會懂得知難而退。那天在她家，她已經對我很不滿了。」

「也說不定被激起更大的鬥志。」

「愛情不是一場比賽。」

「對，但也不是輕易可以替代。」

希望成瑜楓不要太執著，梁深的用意算是夠明確了。唐文呢？她也不想再推拒或猶豫。梁深是她回到臺北後頭一個喜歡的男人，她試著和國衛交往，但是只能把他當作朋友，再發展下去，也頂多由朋友變成好朋友、老朋友，而不會是男朋友。

回到餐廳已是傍晚，差點耽誤了工作，第一桌晚餐客人正在看菜單。看到唐文進來，晴晴對她眨了眨眼睛，嘴角掛著曖昧的笑，唐文不理，進到廚房立刻圍上圍裙，開始準備開胃菜。海兒已經將雞肉和牛排醃好，開胃菜要用的彩色甜椒和蝦子也都處理好了。

「謝謝你，海兒，要是沒有你，真不知道該怎麼辦？」

「看來我還得再加把勁才行，大廚談戀愛了，總不能讓客人餓肚子。」海兒取笑她。

「唐唐姊姊談戀愛了，是和國衛哥哥嗎？」嘉嘉問。

「不是，你可千萬別亂說，我們是朋友。」

「哇，國衛哥哥要傷心了。」嘉嘉邊說，邊吃著碗裡的麵，唐文在她碗裡放進剛做好的茄汁燴蝦，說：「好好吃飯，小孩子不要管太多。」

「我知道，要好好唸書，媽媽天天都在說。」

「今天下午，晴晴收到公關公司的錄取通知，我猜想她要辭職了。」海兒告訴唐文。

「真的？這是好事啊，雖然有點捨不得她，但是她一直想去公關公司工作，總算如願了。」

「當初她來這裡打工，還是個學生，現在大學畢業了，當然不可能端一輩子盤子。」

「希望還能有這麼可愛的夥伴。」

「會有的，因為我們兩個人都這麼可愛啊。」海兒說。

晚上，餐廳快打烊時，晴晴果然向唐文提出辭職，晴晴說：「他們希望我下週一就去上班，如果你一時找不到人，我可以介紹一個學弟來幫忙，我帶他做兩天，應該就可以上手了。」

「恭喜你，開始朝目標邁進了，升職時要找我們一起慶祝喔。」

「等我升職，我要包下這裡開派對。」

「那你大概三個月後就要來開派對了，不如先預定吧。」海兒說。

「怎麼可能那麼快？」晴晴問。

「從試用升正式啊。」

「那怎麼算升職，我說的升職，至少要升經理才算。」晴晴野心勃勃的說。

海兒微笑望著眼前兩個年輕的女孩，一個的事業正要展開，另一個的愛情現在開始，年輕總是充滿希望，而她的希望是不是全部都在嘉嘉身上呢？嘉嘉是她最大的希望，但是對於她自己，她依然有著別的希望，儘管不一定能實現，希望總能給人力量。

在辦公室中滋生的愛意，

一不小心就會和權力、流言扯在一起，

但是想從中得到利益的人，卻是樂此不疲，

如果夠小心，夠聰明，

說不定真能得到自己想要的……

辦公室根本不適合滋養愛情，尤其是主管和部屬之間，偏偏許多愛情故事發生在這裡，也許有一些只是遊戲而已。在辦公室中滋生的愛意，一不小心就會和權力、流言扯在一起，但是想從中得到利益的人，卻是樂此不疲，如果夠小心，夠聰明，說不定真能得到自己想要的。

晴晴到公司報到的第一天，她為了這個值得紀念的日子，特別選購了一套米色套裝，從此她也成為這個城市粉領族的一員。為了這一天她做了許多準備，不但英語流利，簡單的日語交談也難不倒她。第一天上班絕不能遲到，她提前十分鐘搭乘捷運去公司，心情愉悅的她卻在電梯裡遇到一個冒失鬼，因為趕打卡，在電梯門關上前衝進電梯，結果狠狠撞在晴晴身上，他手中的咖啡整杯都潑到晴晴衣服上。

晴晴尖叫一聲。

男人迭聲道歉，有沒有燙傷？燙到哪裡了？男人抱歉的詢問。

燙倒是沒燙到，晴晴生氣的是這一身新衣服毀了，更糟的是現在她該怎麼見人，這可是她上班的第一天。

電梯到了十一樓，晴晴氣急敗壞地走出電梯，沒想到那冒失的男人也跟著出來。

「我已經跟你說過我沒有燙傷，你幹嘛還跟著我。」晴晴生氣的說。

「我認識很好的洗衣店，我可以幫你送洗，包准不留痕跡。」

「那現在怎麼辦？這是我第一天上班。」

「現在？」男人想了想，從口袋拿出手機，撥了幾個號碼，「薇薇啊，你有沒有新買還沒穿的春裝，快點拿一套來公司給我。哥請你吃飯，不要睡了，拜託，好，好，哥下星期去巴黎出差給你買愛馬仕的皮包，拜託你快點。」

「我不要你的衣服。」晴晴說。

「不是我的，我的衣服你沒法穿，是我妹的，你們身材差不多。」

「麥可，怎麼回事？」一個男人從辦公室裡出來，手上拿著一只茶杯，大概是要倒茶。

「我不小心把咖啡倒在這位小姐身上了。」

「馬上就要升副總了，還這麼冒失。」拿茶杯的男人說。

晴晴望著他們，他們都是她未來的同事，撞到她的男人還是副總？他看起來很年輕，應該只有三十歲，反而是後來出現的男人顯得老成些。

「你是新來報到的？」拿茶杯的男人問。

晴晴點點頭，兩手一攤說：「本來想給大家留個好印象，現在……」

「不要擔心，至少你給副總留下深刻的印象，很少有人第一天上班，就能讓副總覺得自己愧對她。」

「好了，好了，大非，不要糗我了。」

「你先去人事室報到，別遲到了。」大非說。

晴晴說了聲謝謝，到人事室填完資料，人事室交代她去找主管報到，沒想到她的主管是高大非，就是剛才在門口遇到的男人。她心中一喜，她對剛才的男人印象很好，一踏出人事室，麥可已經在等她，手上拿著一只提袋，說：「趕快去換上。」

「我不要。」晴晴拒絕。

「別再鬧脾氣了，拜託，你換上這件，我把弄髒的送去洗，下班前就可以拿。難道你要一整天向人解釋身上的咖啡漬是哪來的，你不嫌麻煩，我還覺得不好意思呢。」麥可誠心誠意的說。

晴晴只好接過袋子，到化妝室換，是DKNY這一季新款洋裝，她穿起來正合身，不過價格對她而言是個負擔，即便她想買，也只能偶爾在打折時買一件單品，看來麥可的家境不錯，妹妹隨手拿來一件衣服就是名牌。

換好衣服，她趕快去見高大非。

「衣服換了，真快，這件衣服比剛才的適合你。」

「這是副總妹妹的衣服，是名牌，剪裁當然比較好，我買不起的。」

「我指的不是名牌，你還年輕，不一定要學人家穿套裝，應該把握自己的優勢。」

晴晴點點頭，記住了，下次採買新衣，她決定聽高大非的建議，選擇真正適合自己年齡的衣服，而不是她自己想像中的幹練上班族服裝。

在高大非的指引下，晴晴的新工作很快就能上手，聰明又漂亮的年輕女孩在辦公室裡總是占盡優勢，麥可並不掩飾自己對晴晴的興趣，高大非則比較含蓄，但是他的關心對晴晴而言，更有誘惑力。進公司不久，晴晴就聽人說了，麥可是董事長的兒子，總經理的位置遲早非他莫屬，他們家生意做得很大，跨足不同的領域，每個孩子至少得接掌一門事業，這也可以說明為什麼麥可的妹妹隨意拿來的一件衣服，都是名牌。

晴晴心裡明白，在這種情況下，很多人會勸她選麥可，經濟優渥，結了婚就是現成的老闆娘，但是晴晴不這樣想。現在她若接受麥可的追求，一陣子麥可就膩了，這不過是有錢公子的遊戲，調戲調戲辦公室裡的年輕女孩，萬一這回他沒有如大家所願，很快變心，辦公室裡便會謠言四起，說晴晴是愛慕虛榮的女人，看上的是麥可的錢，人言可畏，就連麥可的家庭恐怕也會出面反對，要麥可另擇一名門當戶對的女孩。

不論從哪一個角度看，接受麥可追求的勝算都可說是微乎其微，所以晴晴對麥可一直維持著上司和部署的關係，僅止於此。至於高大非就不同了，他是晴晴的直屬上司，人長得好看，工作能力又強，偏偏結婚了，辦公室裡一直謠傳他們夫妻關係不好，原本就是兩個人各忙各的，上個月老婆還調職上海，三個月才回臺北一次。晴晴暗自估量，關係不好的夫妻很多，但最後真會離婚的很少，更何況他們還有一個兒子。接受一個已婚主管的追求，是一件很傻的事，但好處是，他比你更怕別人知道，所以只要你不動聲色，這將是一段無人知曉的祕密戀情，但是卻可以從他那裡得到更多機會，展現自己的能力。

試用期還沒滿，晴晴除了對於份內的工作已經可以完全掌握，對於自己在辦公室裡的位置，也已經思考清楚。她委婉地避開和麥可單獨相處的機會，但是留給高大非加班後送她回家，以及在回家的路上請她喝杯東西的藉口，一切情況都讓晴晴很滿意。

週末，晴晴來到糖屋子，唐文和海兒都在，她介紹來的學弟夏天也留在這裡打工了，唐文和海兒都對夏天很滿意。夏天其實不姓夏，因為英文名字叫Summer，所以在學校大家都管他叫夏天，雖說他是晴晴的學弟，但因為是服完兵役才唸大學，所以比晴晴大兩歲。夏天工作很賣力，現在粗重工作有人幫著做，讓唐文輕鬆不少。

「唐唐沒做新點心，看來戀情很順利。」晴晴說。

唐文不理她，拿出碟子盛了一塊晴晴最喜歡的核桃蛋糕放到晴晴面前，又泡了一壺紅茶。

「那是你太久沒來看我們，上星期還做了一大堆千層派呢，害我又胖了一公斤。」海兒說。

「不好意思，我真的好想你們，可是新工作太忙，常要加班，上星期發生什麼事？蒜味辣椒先生不乖，在他麵裡多放些辣椒，辣死他。」

「不是他，是成小姐。」海兒說。

「人家心裡不是滋味，總是要鬧一陣，過段時間就好了。」晴晴安慰唐文。

「別說我了，你的新工作怎麼樣？」

「得心應手。」晴晴自信滿滿的說。

「我們晴晴就是能幹。」海兒高興的說。

「以後嘉嘉比我更能幹，我看好她。」晴晴對海兒說。

「晴晴好像瘦了，是不是沒好好吃飯？」夏天說。

「是瘦了，待會兒留下來吃芥末羊排。」海兒拍了拍晴晴的手。

「上回我去你公司，看見的那個男人是你的主管嗎？」夏天問晴晴，他想假裝是隨口一問，但是眼神中還是現出在意的心情，唐文看在眼裡，夏天喜歡晴晴？這個念頭突然出現，若以現在的情況來看，夏天居了劣勢，他還是個學生，晴晴已經進了職場，而且晴晴是個一心希望自己比別人強的女孩，對她而言，有社會經驗的主管肯定比單純的學弟更有吸引力。還來不及往下想，晴晴的眼睛往門口一飄，唐文也跟著轉頭看，成瑜楓進來了。

成瑜楓穿著一件釘了亮片的低腰牛仔褲，上面是迪奧的粉色T恤，長髮紮成一條馬尾，剪裁合身的衣服加上束起的長髮，她整個人從頸項、肩膀、胸部到腰臀的曲線全都展現出來，她的確是個美麗的女人，美麗加上多金，唐文忍不住拿自己和她比較，在大多數人眼中，成瑜楓的分數都比她高吧。

她不發一言在窗邊的座位坐下，唐文走過去，成瑜楓說：「梁深呢？他沒來這兒？」

唐文搖搖頭，禮貌的問：「要喝點什麼？」

「你知道他在哪兒？我去了他家，他不在家裡。」

「我不知道他在哪兒，不如你打他手機吧。」

「他沒開機，他是存心讓我難看，今天我老闆請吃飯，他卻放我鴿子。」

「你們說好了？」唐文問，雖然梁深的失約，讓她有點幸災樂禍，但是她依然為了梁深沒有明白拒絕成瑜楓而感到不滿，他想躲避，這樣的做法很不負責任。

成瑜楓點點頭，問：「有沒有德國的白酒？」

「你喜歡有一點甜味的嗎？」唐文沒有忘記自己的身分，但同時也覺得現在的情形未免荒唐，成瑜楓分明是來興師問罪，以為梁深在這裡，等來了，發現人不在，反而失去立場的說起自己的委屈，現在又要點酒，非在這裡耗上幾小時是不會走的，這就是開餐廳的難處。一般人是不可能隨意到情敵家裡坐著，但是如果你的情敵開餐廳，到餐廳坐著卻是一件非常容易的事。

「我現在需要一點甜味。」成瑜楓說。

「或者來一份甜點和茶，先別喝酒，今天有核桃蛋糕和蘋果派。」

「你放心，我不會在這裡喝醉。」

唐文只好讓夏天送上白酒和杯子。

「你要不要打電話給梁深？」晴晴問。

「我不想介入他們的事。」唐文無奈的說。

「可是你們正在交往，怎麼可能不介入？」

「我告訴自己梁深和她是他們的事，和我無關，我知道這和鴕鳥沒兩樣，但只有如此，我才能稍稍覺得輕鬆一些。」

晚餐時間，梁深來了，一推門就看到了成瑜楓。梁深有些為難，成瑜楓一個人，他也是一個人，唐文在廚房，他若不過去和她一起坐，似乎也說不過去，他只好走過去。

「一個人？」梁深明知故問。

「有人放我鴿子。」

「我沒有答應去你老闆家。」梁深說，他已經坐了下來，夏天立刻送來一只杯子，為他倒上白酒。

「我跟你說的時候，你也沒說不去啊。」

「是不是沒說不去，就表示一定要去。」梁深的表情顯出不耐。

晴晴想，這就是他們兩個人的問題，都太一廂情願，成瑜楓以為梁深沒說不娶她，就表示有婚約，梁深以為只要自己沒開口求婚，不論交往多久都可以一筆勾銷，唐文是否也看清楚了這些呢？

「你的主管很照顧你？」夏天不死心的又問，他還沒得到答案。

「主管照顧優秀的部屬很正常啊。」晴晴理直氣壯的說，她當然知道夏天擔心的是什麼，但是現在還沒有必要讓他知道，她和高大非才剛剛開始，更何況高大非有太太，感情再不好，還是一個合法關係，留住夏天，也為自己留了一條後路。

「我的意思是，他想追你嗎？」夏天鼓起勇氣，說出自己真正的疑慮。

晴晴誇張的以手指輕扣夏天的頭，笑著說：「醒醒吧，人家有老婆有孩子的，他照顧我，是因為如果我工作出錯，他也有責任。」

夏天的表情放鬆了，他相信晴晴，他和晴晴是天生一對，夏天如果沒有太陽怎麼像夏天呢？從進大學開始，他就開始暗戀晴晴，學弟追學姊成功的機率不大，但還好他比晴晴大，他知道他還不能算是晴晴的男朋友，他們甚至沒有接吻過，但是晴晴會和他一起吃飯、看電影、上圖書館，至少有進展，他相信只要沒有出現第三者，再多給他些時間，晴晴就會接受他。

這樣的想法，其實有些可憐，難道夏天不知道，愛情的路上，第三者隨時會出現。而高大非對晴晴的用心也超過她所以為的，拖延了許久的冷漠關係，高大非終於決定劃下一個句點，因為晴晴讓他重新燃起了對愛情的期待。他開始和老婆談離婚的事宜，他知道他們之間所欠缺的只是離婚由誰提出來，畢竟提出的人似乎該多負一點道義上的責任，兩個人都不願承擔，又沒非離不可的因素，便一直拖延著，現在他有了離婚的動機，他要追求晴晴，而且是合法的追求。

「吃完晚飯，你有事嗎？」夏天問。

晴晴搖搖頭，她和高大非還沒進展到在假日約會的地步。

「等我下班，我們去跳舞。」

晴晴只想了一下，就答應了。也好，她需要藉著運動來抒發累積的壓力，而且反正可以跳舞的Pub音樂總是放得很大聲，現在的她不想和夏天說太多，她喜歡夏天，和他在一起很輕鬆，很自在，有一些快樂，可是這樣的快樂還無法滿足她，她知道，她要的更多，夏天是給不起的。

海兒回去了，晴晴和夏天去跳舞，餐廳只剩下唐唐，她關掉招牌燈，將鐵門拉下，這樣就不會有客人進來，待會兒她可以從廚房的後門出去。她突然想烤一個蛋糕，只是單純的做，她並不想吃，做蛋糕的過程可以讓她釋放自己的情緒。她打開冰箱，發現沒有櫻桃也沒有草莓，甚至沒有奇異果，倒是有一大塊巧克力，於是她決定做一個純巧克力蛋糕，她將巧克力融化，加入雪莉酒和篩過的麵粉，因為巧克力的濃度高，烤好之後會是一個芳香而且口感扎實的蛋糕，她知道這不太符合臺北人的口味，不夠鬆軟綿密，但她還是順著自己的心意去做，在放入烤箱烘烤的那一刻，溫暖的巧克力香瀰漫整間廚房，那一刻，對唐唐而言，那是一個愛情蛋糕。

糖屋子以提供餐飲為主，唐唐烤的蛋糕絕大部分是作為餐後甜點，或者搭配下午茶的甜點，偶爾也接受客人預定，但是這一個巧克力蛋糕對唐唐而言是不一樣的，所以第二天，她把蛋糕放在冷藏櫃裡，中午餐後的甜點她另外做了蜜桃薄餅，午餐時間過了，唐唐利用下午時間去書店買了幾本書，回到餐廳，她立刻發現冷藏櫃裡的巧克力蛋糕不見了。

「巧克力蛋糕呢？」唐唐問夏天。

「剛才一位先生買走了，怎麼了？那是有人預定的嗎？」夏天正在擦桌子。

「不是，沒有人訂，我只是覺得有點奇怪，因為平常買蛋糕的人不多，是什麼樣的人買走的？」唐唐問。

「常常來的一位先生，高高的。」夏天隨口說，他認為買一個蛋糕是很平常的事。是梁深？唐唐心裡一緊，梁深和她這麼有默契嗎？常常來的先生，一定是他，夏天來打工不久，還不知道梁深，但一定是他。唐唐心裡先是覺得甜甜的，但緊接著便微微發苦，甜的是從蒜味辣椒麵到巧克力蛋糕，她和梁深不能說是沒緣分，苦的是這卻是一道磨人的三角關係。就像《紅樓夢》裡寫的寶黛之戀，若說沒奇緣，今生偏又遇著他，若說有奇緣，為何心事終虛話，現在唐唐的心情就是這樣。

她走進廚房，打開一瓶氣泡礦泉水，加了一片檸檬，出神喝著，梁深喜歡她做的巧克力蛋糕嗎？他會吃出其中微微帶苦的味道嗎？他了解因為他，她正陷入深深的苦惱嗎？

傍晚，唐文嘗試做一道新菜，

在挖空的蘋果中放入雞肉、蝦仁、馬鈴薯和起士焗烤，

她在挖蘋果時決定，如果今天梁深來找她，

不要小心眼，大方一點忘記前嫌，

她儘量讓自己心情愉悅，

溫柔的音樂聲從餐廳傳入廚房，

在蘋果中填進拌好的餡料，然後放入烤箱，

唐文相信，廚師愉悅的心情是食物最好的調味。

對於愛情所帶來的痛苦，究竟應該忍受到什麼程度？是沒有止盡的？不應該設底限的？還是真正的愛情裡根本不該有痛苦？如果愛情不是甜蜜的，不是讓人眷戀的，為什麼還值得為它付出心力？

晚上八點，廚房送出最後一道主菜，剩下的只是甜點裝盤，海兒帶嘉嘉先回去，今天的甜點是提拉米蘇和黑醋栗蛋糕，唐文很仔細的為每一份甜點裝盤，她細心的裝飾，像是完成一幅又一幅的畫作，她知道梁深在外面等她，但是她發現一個自己很想陪他喝一杯咖啡，另一個自己卻想拖延面對他。

唐文並沒有對梁深抱怨成瑜楓的行為，在這件事中，她心裡其實覺得成瑜楓固然一廂情願，梁深本身也沒處理好，而她自己則沒有立場要求梁深和成瑜楓把話說清楚，梁深雖然對她說了，他希望成瑜楓離開他，他和成瑜楓之間沒有婚約也沒有承諾，但是唐文才和梁深交往了半年，他們之間也同樣沒有婚約沒有承諾。

會不會梁深根本不想要有承諾的愛情呢？

在這半年間，梁深比過去更常來糖屋子吃飯，除了蒜味辣椒麵之外，他也開始嘗試點些別的，偶爾還會提出一些意見。國衛自然也發現了唐文身邊有新的追求者，而且這名追求者已經獲得唐文某種程度的認可，但是為了不要斷絕自己的路，國衛假裝什麼事都沒發生，遇到梁深時，他甚至和他聊過天。

海兒說，這是男人的風度，在海兒心中，國衛的分數始終比梁深高，她尤其不能諒解的是，梁深縱容成瑜楓騷擾唐文，她說，這顯示他們是藕斷絲連。唐文為梁深辯護，他們兩家是世交，然而說這話時，連唐文也對梁深有著深深的不滿。

成瑜楓幾乎每個月會來一次，帶著不同的理由來等梁深，最後，梁深出現了，唐文眼看著他們一起離去，因為梁深要成瑜楓離開餐廳，只好送她回家。雖然一個小時後，梁深又會回到唐文這兒，等她打烊，但是次數多了，唐文心裡依然覺得不舒服，猜測著在這一小時中究竟發生了些什麼事，她發現自己有意無意靠近梁深，嗅聞著他的身上是否留有成瑜楓的香水味，他們接吻了嗎？成瑜楓訴說委屈時靠在他肩上了嗎？為了安撫成瑜楓，梁深的言語讓她有了新的期望嗎？唐文討厭自己變成這樣。第一次、第二次梁深送成瑜楓回去時，她的心裡都是很篤定的，但是第三次以及更多類似的情況出現時，她也開始懷疑，梁深真的想和成瑜楓分手嗎？

最後一桌客人買單後，唐文很快整理完帳目。梁深在等她，夏天說他留下來關門就好，梁深把車開到門口，唐文覺得奇怪，她住得離餐廳很近，平常他們都是散步回家的，梁深打開車門，說：「上車吧，我們去約個會，吃宵夜，今天不要擔心體重，好不好？」

唐文突然有些抱歉，因為她的工作型態，他們從來沒有像其他戀人那樣來場燭光晚餐，午晚餐時段她都在忙，早餐和下午茶又是梁深的工作時間，所以梁深才會提議吃宵夜吧。他開車來到林森北路，入夜後這裡依然一片輝煌。停好車，他牽著唐文的手來到一家日式串燒店，門一開啟，此起彼落的歡迎光臨聲。他們坐在吧臺，梁深點了牛舌、神戶牛肉、土雞肉、豬肝、銀杏、魚下巴和日本燒酎，除了魚下巴，每樣食物都用竹籤串起，不必用刀叉切，不必用筷子夾，用來下酒聊天，的確很適合。

「夏天的手藝進步不少，你放心將餐廳交給他和海兒幾天嗎？」梁深問。

「你有什麼計劃嗎？」

「我們到北海道去旅行。」

旅行，這個計劃打動了唐文，自從她開了糖屋子，她再也沒有旅行過。她開始在心中認真的盤算，能不能離開幾天，設計幾道比較簡單的菜，海兒和夏天應該可以應付，只要幾天就好，出國旅行對於現在她和梁深的關係應該有幫助。

第二天，唐文告訴海兒梁深提議旅行，海兒熱心得很，一口氣說了七、八道她會料理的菜色，就連夏天也興致勃勃，表示可以帶一個同學來外場幫忙。

唐文利用廚房下午休息的空檔，去辦了日本簽證，回餐廳的路上，她的心情很好，還去買了防曬乳，和一件美麗的睡衣，他們會在一個房間裡過夜，交往了半年，他們還沒有一起過夜過，她希望留下的記憶是甜蜜的。她不知道，其實已經有個壞消息在等著她。一進餐廳，夏天告訴唐文，梁深打過電話來，夏天說她去辦簽證，梁深聽了，只說晚上會來吃飯。十分鐘後，花店送來一束向日葵，唐文想到現在正是北海道向日葵盛開的時候，薰衣草的花季已過，梁深的用意是什麼？

「今天不是情人節，不是你的生日，也不是你們相識紀念日，男人不會沒原因送花，一定是他有要你原諒的事。」海兒說。

豔黃色的向日葵，一共有三十六朵，夏天將它們分插在三只玻璃缸裡，然後擺置在窗臺上，如此豔麗狂放的姿態，很難不去注意到它們，這是梁深第一次送唐文花，她可不希望讓海兒說對了，這花傳遞的訊息是道歉。

晚上，梁深來了，唐文等著他說理由，他推門時的神情，唐文已經明白，沒有北海道的旅行了，但她要知道原因是什麼。

「不是取消，是延期，等我把事情處理完，我們可以去北海道賞楓，最多延兩個星期。」梁深說，他看起來很快就要離開，還有事等著他，他並不打算在這裡吃晚餐。

「瑜楓住院了，急性盲腸炎，只是小毛病，今天作手術，過兩天就能出院了，可是我媽要我接她出院，接回我媽那兒。」梁深盡量想把這件事說的像是尋常家務事，彷彿瑜楓是他妹妹。

唐文想說，既然他媽媽會照顧瑜楓，為什麼他們原定的計劃要更改，瑜楓住在他家的期間，梁深不在，不是更好嗎？但是唐文沒說，她不想顯得自己毫無同情心，雖然盲腸炎不是什麼大病，但是開刀時沒有家人在身邊，還是蠻淒涼的。

「你可以諒解嗎？」梁深問。

唐文點點頭。

「我媽在醫院陪瑜楓，我得過去一趟，答應我，不要胡思亂想。」

梁深走了，唐文的心情跌落谷底，如果梁深延遲旅行計劃，是因為有一個重要的客戶到訪，唐文可能會好過一些，偏偏是因為成瑜楓，她簡直懷疑成瑜楓是故意的，為了破壞她和梁深，唐文開始覺得她和梁深之間的障礙比她原本以為的更大，不只是瑜楓，還有他的父母。

「國衛來了。」海兒說，廚房的餐已經出得差不多了。

唐文點點頭，她希望國衛今天是帶新酒來要她嚐，她現在想喝一點酒。

國衛打開一瓶已經冰過的白酒，夏天拿來兩只杯子。

「再多拿一個杯子來，你也嚐嚐看。」國衛說。

「我還在上班，待會兒好了。」夏天禮貌的回答，然後轉向唐文：「要什麼配酒嗎？」

「拿一點燻鮭魚吧。」唐文說，她這會兒才想到自己還沒吃晚飯。

國衛在杯子裡注入一點酒，唐文放在鼻前聞了聞，有一股淡淡的果香，果香之後，還有一層比較深沉的氣味，像是走入了森林裡，她喝了一口。

「好喝嗎？」國衛問。

「很好，有陽光的味道。」唐文又喝了一口。

夏天拿出一碟燻鮭魚，還有德國香腸和麵包捲。

唐文突然覺得餓了，她對自己說，不過是旅行延期罷了，沒什麼大不了。可口的白酒和燻鮭魚讓她暫時忘掉不快，喝完第一杯酒，她心有所感的說：「你挑的酒總是很適合糖屋子，不會讓我失望。」唐文心裡想，不像另一個男人老是讓她失望，她卻還不爭氣的記掛著他。

「那是因為你本來對我就沒有抱著希望。」國衛說，他似乎看穿了她的心思。

唐文看著窗外，避開了國衛的眼光，是這樣嗎？她是不是對梁深的期望太高了？也許所有的男人其實都無力背負一個女人對愛情的期望，只是女人在一次又一次失望之後，學會了妥協，懂得了降低期望，才可能快樂。

成瑜楓出院後，住進了梁深爸媽家裡，梁深每天下班後，不再來糖屋子吃晚餐，但是陪爸媽吃完晚餐後，他會特意繞道糖屋子，等唐文下班，他不希望唐文誤會。

眼看八月就要過完了，梁深送來的向日葵已經凋盡，臺北的氣溫依然高得嚇人。夏天從外面進來，大口灌下一杯冰水，放下杯子，他喘了一口氣，說：「路口的電子看板，出現了一個奇怪的廣告，尋找十年前，在路口那家百貨公司賣過領帶的女孩。」

「是百貨公司為了招攬客人想出來的點子吧，先引起注意。」海兒說。

「海兒，十年前，你不是在那裡工作過嗎？」唐文問。

「我賣的是皮夾和皮帶。」

電子看板上面說，十年前的夏天，有一個客人經過領帶專櫃，那天他剛接到公司的裁員通知，女友也提出延後婚期，直到他有新工作。當時他很灰心，在百貨公司漫無目的地閒逛，結果領帶小姐溫暖的微笑吸引住他，她挑了一條天藍色的領帶，說很襯他，還鼓勵他，面試時給人留下好印象，一定會找到更好的工作。後來，他找到了工作，也結婚了。去年，他的婚姻結束，他發現自己很懷念領帶小姐溫暖的笑、鼓勵的話語，所以想找到她，向她說聲謝謝。」夏天約略轉述電子看板上的文字。

「現在還有這種事，尋找十年前見過的一個女孩，不知道姓名，也不算真正認識。」唐文覺得訝異。

「如果這個故事是真的，我倒覺得有點浪漫。」夏天說：「女人常嫌男人不懂浪漫，其實有時候男人也很想浪漫一下，又怕被人笑說是傻。」

「你想浪漫一下嗎？我支持你。」唐文說：「去約晴晴嘛。」

「晴晴升職了。」夏天說，神情有些落寞。

「應該慶祝一下，週末約她來吃飯吧，我們幫她慶祝。」

「週末她好像要和主管出差。」夏天說。

看起來，夏天也有一段時間沒見過晴晴了。

傍晚，唐文嘗試做一道新菜，在挖空的蘋果中放入雞肉、蝦仁、馬鈴薯和起士焗烤。她在挖蘋果時決定，如果今天梁深來找她，不要小心眼，大方一點忘記前嫌，她盡量讓自己心情愉悅，溫柔的音樂聲從餐廳傳入廚房，在蘋果中填進拌好的餡料，然後放入烤箱，唐文相信，廚師愉悅的心情是食物最好的調味。

夏天進到廚房，聞到烤箱中傳出蘋果的甜香，夏天由衷的稱讚：「好香。」

「是我試做的新菜，待會兒吃吃看。」

「梁先生來了。」夏天說。

「好，你叫他別點餐單上的菜，我要他幫我試新菜。」

「收到。」夏天爽朗的說，轉身出了廚房。

「有人心情不錯喔。」海兒將蕃茄海鮮湯盛進碗裡。

「當然，新菜試做成功。」唐文說，手也沒停，等烤蘋果盅的時候，她在平底鍋裡煎薄餅，薄餅的麵糊中加了菠菜汁和雞蛋，呈現漂亮的黃綠色，煎好的薄餅捲上蟹肉、彩椒和一點點碎洋蔥，裝盤時淋上一點橘子醬，搭配蘋果盅一起吃。

「我想是因為可以去北海道賞楓吧。」海兒故意逗唐文。

唐文不理，高興的拿著蘋果盅和蟹肉捲餅出去。

「嚐嚐看，要不要喝點白酒，有一款味道不錯。」唐文問梁深。

「好啊，真香。」

唐文在梁深面前坐下，夏天開了白酒，拿來杯子，梁深一邊嚐蘋果盅，一邊假裝不經意的說：「我們十月再去北海道，好不好？我聽說九月楓葉還沒紅。」

「你九月有事？」唐文也假裝專心吃蘋果盅，然後不經意的問。

「要趕一個案子給客戶。」

「蘋果盅的雞肉可能應該先醃過，味道太淡了。」唐文說，她需要掩飾自己的不滿。原來他的理由是工作忙，她還是會有些不高興，也許是一延再延，讓她懷疑梁深對自己的心意，但是她決定了今天不可以小心眼。唐文想起以前晴晴曾經說她在料理中下了魔法，所以梁深一吃上癮，欲罷不能，現在她真希望自己有魔法，迷住梁深的心，她勉強說：「去賞雪也很好，反正只是去玩，什麼時候去都一樣。」

「你喜歡雪嗎?那也好，我們去賞雪，我一直想在雪地中泡溫泉，像電影裡演的那樣，一邊和心愛的女人喝清酒。」梁深高興的說，他顯然鬆了一口氣。看來他說十月楓葉才紅，其實是在敷衍她，有了突發狀況，他一時根本走不開。梁深吃完最後一口蘋果盅裡的餡料，滿足的說：「真好吃，淡淡的果香和蝦仁很對味。」說完，他又喝了一口酒。

唐文切開蟹肉薄餅，吃了一口，略停了停，梁深究竟因為什麼事走不開，她沒問，只說：「蟹肉味道太明顯，吃第一口好吃，吃多了，可能會膩，換成比目魚應該更適合。」

「我比較喜歡蟹肉，蘋果盅口味清淡，搭配風味明顯的蟹肉，堪稱絕配。」

唐文喝了一口酒，梁深沒發現她的情緒，她沒吃完蟹肉薄餅，梁深問：「這麼好吃你不吃了。」

「剛才在廚房一邊做菜一邊試吃，吃太多了。」

梁深把唐文盤裡的食物全撥到自己盤裡。

「你們有沒有看到路口的電子看板，不知道他找到領帶小姐沒?」鄰桌幾個女孩討論著。

「就算找到了，領帶女孩大概已經是別人孩子的媽了。」

「很多事錯過了就是錯過了，如果喜歡，他當初就應該把握。」

唐文聽她們一來一往的討論，於是也問梁深知不知道電子看板的故事。

「知道，我想是百貨公司的宣傳手法吧，再過不久就是他們公司的週年慶，到時候安排男女主角現身，就成了新聞話題。」梁深說。

「所以你不相信故事是真的。」

「這種故事一定有，但是電子看板不一定是男主角自己刊登的。」

「如果是你，這麼多年後你會想辦法找那個女孩嗎？」

「大概不會，事過境遷，再見面感覺也不一樣了。」

唐文點點頭，原來對梁深而言，當事過境遷，曾經有過的悸動也就隨之消失了。雖然理智上她同意梁深的說法，但是她還是寧願相信這城市中還有浪漫的故事，像是〈西雅圖夜未眠〉中因為聽到廣播而取消婚約，重新尋找真愛的梅格萊恩。

海兒下班，牽著嘉嘉的手經過電子看板下時，她也抬頭看著引起許多討論的故事，黑色的看板上紅色的字一個接一個跑過眼前，「我一直沒忘記你溫暖的微笑，好想再和你見一面……」

「媽媽，你希望自己是那個領帶小姐嗎？」嘉嘉問。

她會是故事中的女主角嗎？自從這個故事在這裡流傳，海兒想起來她曾經幫領帶櫃的小姐代過幾天班，可能嗎？應該不會吧。

「怎麼你也知道這個故事？」海兒問。

「學校裡同學也在討論。」

「小ㄚ頭懂什麼？」

「我希望他能找到領帶小姐，這樣原本兩個孤單的人就都不寂寞了。」

海兒想著女兒的話，是嗎？找到了就不會寂寞了嗎？原來在嘉嘉的眼裡，她是寂寞的，是她隱藏得不夠好，還是女兒已經長大了？

新菜推出，客人的反應還不錯，唐文設計了兩種組合，蘋果盅搭配菠菜薄餅蟹肉捲或蕃茄薄餅比目魚捲，結果蟹肉捲的點餐率比較高，可能這城市中的人都需要強烈明顯的口味來刺激食慾吧，順便填補其他方面的失落。

九月，臺北雖然還是熱，但是陽光開始有了初秋的味道，早晚的風藏著涼意，北海道的楓紅，今年是看不到了。一天，唐文去市場買明蝦時，看到花店裡一片繁燦的鮮花，她選了一大束香水百合，白色的碩大花朵，可以讓她忘記豔麗的楓紅，她突然想到楓是成瑜楓的名字，不去賞楓也許是對的。這個念頭才出現，成瑜楓也出現了，她一個人來吃午餐，看起來氣色很好，顯然手術後恢復得不錯。

她點了地中海魚湯和墨魚義大利麵。唐文正要進廚房時，她聽到成瑜楓講電話，原來她爸媽月底要回臺北。這才是梁深不能去旅行的原因嗎？

「要不要我來做，地中海魚湯和墨魚義大利麵我都會，而且難吃一些也許下回她就不來了。」海兒說。

「我可以自己來，你放心，我不會下毒的。」唐文笑了笑。

「這個女人真奇怪，她纏著梁深不放也就算了，為什麼還三番兩次來這裡？」

因為她要讓唐文知道，梁深月底沒空真正的原因是她爸媽要來臺北嗎？

成瑜楓吃完午餐，卻不急著走，她又點了咖啡和櫻桃派，等午餐的客人散去，她對夏天說：「可不可以請唐小姐來一下？」

唐文只好從廚房出來，在成瑜楓對面坐下。

「我爸媽這一次回臺北是和梁伯伯、梁伯母商量我們訂婚的事。我知道現在梁深喜歡你，但是最終他還是會回到我身邊，你也許可以牽絆他，卻無法改變他，你擁有的愛情只是暫時。」成瑜楓的語氣像是森林中的女巫預言著即將發生的災難，讓唐文聽了很不舒服。

「至少我擁有過你一輩子都得不到的東西。」唐文說，受傷的感覺使得她言詞刻薄起來。

成瑜楓先是楞了一下，很快就回復驕傲的神情，在桌上放下一千元，揚長而去。

晚上，梁深來接唐文下班，唐文積壓許久的不滿，讓她再也顧不得風度，和梁深發生口角。

「你明知道她是故意說來氣你的。」梁深說，語氣中充滿了無奈。

「是誰讓她有權力來騷擾我，是你，是你一直舉棋不定。」

「我沒有舉棋不定，但我們兩家是世交，即使我們結婚了，成瑜楓依然不會消失。」

「至少你可以在你爸媽面前表明立場。」唐文恨恨的說，她很不喜歡這種感覺，彷彿她在逼梁深承認自己存在的價值，她本來不需要別人的評斷。

「我對他們說過，我不會娶瑜楓，她對我而言就像妹妹。」

「但是你沒提過我。」

「再給我一點時間，我還沒提是不想引起其他誤會。」

「什麼誤會？以為我是介入你們之間的第三者？」唐文的聲音提高了。

「唐唐，不要和我吵架，好不好？這不是正合了瑜楓的意？」

唐文沉默了，這是她想要的愛情嗎？另一個女人會永遠橫在他們之間嗎？會不會真如成瑜楓所說的，梁深的愛情只是暫時寄放在她這裡，而最讓她心寒的是這暫時其實並不完整。

一天，唐文的哥哥唐旭到餐廳裡看唐文，唐文剛好不在，和國衛去挑選一些特殊食材。國衛認識的一家公司進口了一批香料，說是品質很好，他剛剛來接唐文走。

「唐先生喝杯茶吧，要不要坐一下等唐唐回來？」夏天問。

「去選食材，恐怕沒那麼快吧。」

「很難說，說不定很快，唐唐對挑選食材很果斷，而且有主見。」

夏天倒了一杯冰檸檬茶給唐旭。

「可惜對待愛情就不是這樣了，她挑男人不夠果斷，你是不是這樣想。」唐旭說。

「在我看來，國衛比那位梁先生好。」海兒從廚房出來，正好聽見唐旭的話，便在唐旭對面坐了下來。

「我知道你們都很關心她，但是她有她的……怎麼說呢？罩門吧。」

「什麼罩門？」夏天問。

「她的初戀。高中時她和一個學長很要好，究竟算不算戀愛，我也不知道，兩個人交往了一年多。有一天，兩個人拌嘴，唐唐賭氣要回家，搭上了公車，那個男孩騎自行車跟在公車後面追，要向唐唐解釋。公車只行駛了幾站，就到家了，唐唐下車卻沒看到那個男孩，以為那個男孩不追了，周圍的路人卻圍了上來，公車司機也下來了，那個男孩連人帶車躺在公車的輪下。」唐旭說。

「天哪，那個男孩怎麼了？」海兒問。

「死了。」唐旭嘆了一口氣：「唐唐一直認為是自己的錯，所以我們鼓勵她出國唸書，希望她能淡忘這件事，其實不可能，她覺得是自己太任性，才害死了他。回國後，她像是沒事發生一樣，但是她變了，她對愛情變得敏感，只要開始交往，她就盡量給對方機會，因為深怕又造成傷害，結果一再原諒對方，她沒法對愛情果斷。她可能和你們說過那個日本男孩，雖然她不想和他回日本，但她一直沒有告訴他，最後分手，是因為有一天她去找那個男孩，結果當場看到他和一個女孩在床上。如果不是這樣，恐怕她還是會猶豫下去。」

「唐唐真是太不幸了，這麼年輕就遇上這樣的事，現在又碰到梁先生這種優柔寡斷的男人。」

「你們都很關心唐唐，我才告訴你們這些事，但是為了保護唐唐，你們就當作什麼都不知道吧。」唐旭說。

「我懂。」夏天點點頭。

「我雖然是她哥哥，但不常見到她，你們天天和她在一起，她的心情，你們一定更了解。」

「你不要擔心，我想唐唐知道自己的選擇。」海兒說。

唐旭等了一個小時，唐唐還沒回來，公司裡還有事，只好回去了。海兒裝了幾塊唐文做的蛋糕，要唐旭帶回去給女兒吃。看著唐旭離開的身影，海兒感傷起來，原來唐文比她堅強，她一直以為自己遭到老公背叛很不幸，以為唐文是個幸運兒，年輕漂亮又是老闆，原來她也有她的心酸，只是別人不知道罷了。

這是一個愉快的晚上，
晴晴幾乎沒有想起大非，
原來她並不真的掛念他，
和糖屋子的人相聚，
熟悉溫暖的感覺有如家庭……。

愛情是不是人生中最重要的？如果不是，那麼什麼才是？事業嗎？為事業付出難道不比為愛付出更值得嗎？更能實現自己的夢想嗎？但是為什麼我們總在別人失戀時，勸說人生不是只有愛情，還有很多其他重要的事，像是家人、朋友、工作，當我們這樣說時，似乎已經將愛情擺在首要位置，所以才說其他的事也很重要。

也很重要，而不是最重要。而在這些「也很重要」事項中，家人這一項，不就是依靠著愛情而逐漸繁衍出來的嗎？因為愛，所以一對男女決定一起生活，並且孕育子女。

晴晴從不認為愛情對她很重要，除非愛情能幫她創造事業，完成夢想。她的夢想是成為公關業界的佼佼者，出現在雜誌封面上，除非是能幫她完成夢想的愛情，不然對她而言，都不重要。

晴晴在公司的表現很受賞識，她和大非之間的情愫她也應付得很好，她知道大非喜歡她，她也不打算拒絕，不僅是因為大非在工作上確實幫得到她，也因為她欣賞大非的才華。雖然麥可也對她很有好感，但是如果一進公司就和小老闆扯上，難免成為同事眼中的拜金女，她現在還不打算接受麥可的追求，也許將來有一天她會接受，但現在還不到時候。一開始就接受麥可的追求，麥可很可能會懷疑她接受他是因為野心，而不是愛情，她需要更有利的狀態，一種日久生情的氛圍，和他的身分無關。

大非的支持對晴晴很重要，公司裡最大的客戶柏飛集團在大非手上，這使得大非在公司有舉足輕重的地位。為了在明年繼續拿到柏飛的合約，從九月開始，大非已經開始著手準備年底的提案，晴晴認真的收集資料，所有相關資料她都去讀，每天光是上網找資料要花五、六個小時，對於她的認真，大非非常讚許，而且對於拿到合約也因為準備充分而更有把握。

但是晴晴心裡逐漸有了不滿，她為柏飛的合約付出這麼多，而柏飛又是重量級的客戶，大非和柏飛開會時卻從不帶晴晴去，是他還不夠肯定她的工作能力，還是他已經開始提防她，擔心如果柏飛集團也賞識晴晴，晴晴可以直接將客戶接過去的話，是不是可能取代他的位置呢？

一天下午，大非又要去柏飛開會，他帶了小為一起去，晴晴決定採取主動：「我希望能參加會議，這樣我在做資料分析時，會更清楚對方的需求。」

「我和小為去就行了，回來我們會告訴你開會討論的結果，你不會有什麼不清楚的。」大非說著，寵愛的拍了拍晴晴的肩。

大非的動作並不能安撫晴晴，晴晴覺得受挫，她這麼努力，但是成績全是大非的，對她而言並不公平，她一定要找機會認識柏飛的窗口負責人，讓他們知道年度企劃的構思人是她。

六點半，大非打電話回公司說：「我們剛剛開完會，要和柏飛的人一起吃飯，不回公司了，晴晴，你自己回去吧。」晴晴放下電話，這是她這半個月來第一次沒有加班，她的心情低落，不知不覺間來到糖屋子。

夏天看到她，高興全寫在臉上，說：「你這陣子沒來，唐唐很掛念你。」其實他更掛念她，打了幾次電話，她不是說忙，就是說累。

「是嗎？我到廚房看她們。」

「菜剛出齊，她們這會兒應該不忙。」

晴晴點點頭，推開廚房的門，她喊：「唐唐、海兒我來了。」

「你可來了，工作忙，還是要注意身體，好像瘦了些。」海兒的聲音裡充滿關心。

「你來得正好，幫我試菜。」

晴晴在廚房中央的桌子坐下，問：「唐唐又要推新菜啊。」

「是啊，這樣客人才不會吃膩。」唐文說。

「我看是你想轉移注意力。」海兒說。

「怎麼？你和梁深不順利嗎？」

「成瑜楓的問題還是沒解決。」海兒一語道破。

「來試試看，別說那些不開心的事了，吃飽了，我告訴你一個大八卦。」唐文將盛了食物的盤子推到晴晴面前。

「嗯，好吃，這是哈密瓜燉鴨？」

「是鴨胸肉，除了哈密瓜之外，還放了整顆的豐水梨調味，只是燉煮時調味，並不吃，另外還有栗子和蘑菇，現在圖省事，只給你裝在盤子裡，將來正式推出，我計劃放在挖空的哈密瓜裡。」雖然鴨肉可以配紅酒，但是因為這道菜果香重，唐文覺得搭配夏多內白酒更適合，她為晴晴倒了一杯。

「一定很受歡迎。」晴晴喝了一口冰涼的白酒。

「多吃一點，還有你喜歡的核桃派，秋天吃最適合了。」

「你剛才說有八卦要告訴我。」吃了好吃的料理，晴晴的精神也恢復了不少。

「夏天的時候，不是有人在電子看板上找人嗎？你絕對猜不到，要找的人竟然是海兒。」

「什麼？」晴晴瞪大眼睛，差點打翻杯子。

電子看板上出現尋人啟事之後，當年領帶部站櫃的小姐聽說了，於是和百貨公司聯絡，在公司的客服部安排之下，和尋人的路波見了面，她不是路波要找的人，但是她提供了線索，那就是她曾經請海兒代過班，她告訴路波海兒現在在百貨公司旁的義大利餐廳「糖屋子」打工，於是，有一天下午，路波獨自來了。

「天哪。」晴晴低喊，她從沒想到海兒竟然會是這一則浪漫故事中的女主角，也許因為她忘記了，三十歲的海兒也曾經年輕過，她認識海兒的時候，她是一個剛被老公拋棄的單親媽媽。

「路波可是電子新貴，最有身價的單身漢呢。」唐文說。

「那又怎樣？我和他是不可能的。」海兒說。

「為什麼不可能？十年前，他已經愛上你，只是他不知道，後來他明白了，他不想繼續遺憾下去，所以才想出電子看板的辦法，現在他真的找到你了，可見連老天都想再給你們一次機會。」晴晴興奮的說，她暫時忘記了自己的不滿。

「你看，連你們都說了，人家是最有價值的單身漢，我卻是一個單親媽媽。」

「但是你依然擁有溫暖迷人的性格。」唐文說。

「他展開追求攻勢了嗎？」晴晴問。

「大家都不年輕了，還什麼攻勢？」海兒有些難為情的說。

「他為了見到海兒，現在一有空就來吃飯。」

「哇，糖屋子的忠實顧客在蒜味辣椒先生之後，現在又多了一名電子看板先生。」晴晴嚷著。

「你少算了一個，我覺得成瑜楓也有成為忠實班底的潛力。」唐文無奈地說。

「要有第三個，也應該是馮國衛，怎麼是她呢？」海兒不以為然的說。

「唐唐眼裡根本沒有馮國衛。」

「晴晴，你怎麼這樣說，我一直把國衛當好朋友。」

「可是他想做的不只是朋友。」晴晴心直口快的說，她不像唐文和海兒那樣浪漫，她喜歡弄清楚身邊的狀況，她認為人生的選擇不應該憑感覺，而是依靠審慎的評估，就像保險公司在評估大額投保的客戶風險一樣。

「唐唐，感情可以培養，馮國衛對你很有誠意，他的狀況也比梁深單純得多。」海兒勸唐文。

「愛情是自然發生的，沒有辦法培養，能夠培養的頂多是兩個人相處時的默契。」唐文的語氣出現少有的斬釘截鐵。

晴晴還想再說，夏天收了盤子推門進來說：「可以上甜點了。」

晴晴套上圍裙，好興致的說：「我來幫你。」

「我一個人可以，你們聊天吧。」夏天手腳俐落的在手臂上堆疊唐文裝飾過的甜點。

「沒關係，你要是覺得不好意思，待會兒請我吃豆花好了，我好久沒吃附近那家花生豆花了。」

「那有什麼問題。」

夏天和晴晴端著甜點出去了，海兒說：「夏天對晴晴的好，希望晴晴懂得珍惜。」

「你自己也是啊。」

隔天，晴晴在公司裡接到柏飛徐經理的電話，對方說缺一份數據，可不可以立刻傳真過來，正好大非在開會，晴晴於是說：「傳真可能不清楚，我立刻送過來，如果有不清楚的地方，我可以做說明。」

「這樣當然更好，只是麻煩你了。」

「這是我們應該做的，一點都不麻煩。」

晴晴心裡想，真是太好了，她終於和柏飛接上線了，她立刻拿著那一份剛剛從電腦輸出的數據，前往柏飛，車上不忘精細的補妝。經過她簡單扼要的說明，徐經理相當滿意，還說：「真是強將手下無弱兵，昨天開會怎麼沒見你來？」

晴晴笑了笑，甜甜的說了一句：「徐經理有需要，交代一聲，我隨時候命。」

回到公司，晴晴一來一往才用了一個小時的時間，大非還沒開完會，根本不知道她離開過。一會兒，大非開完會，回到辦公室，為了不讓別人聽到，他撥晴晴的手機，約她一起吃晚餐。

晴晴回答：「知道了。」

下班後，她和大非在停車場碰面，大非特意開車帶她到三芝，一家可以看海的餐廳吃飯，他點了龍蝦和香檳。

「怎麼？有事慶祝嗎？」晴晴問，天還沒有黑盡，最後的晚霞餘暉燦爛地映照在晴晴的臉龐上。

大非舉杯向晴晴說：「恭喜你，升職了。」

「真的？你什麼時候聽說的？」晴晴原本以為他是為了補償昨天不讓她參加柏飛的會議，沒想到有更好的消息。

「今天下午開會決定的，你升副理，這可是公司有史以來最快的升職紀錄呢，薪水也加了三成，獎勵你工作這麼認真，人事命令大概明後天就會發布，先告訴你讓你開心。」

「大非，謝謝你。」

「謝我什麼，這是公司決定的。」

「也要你肯給我表現機會。」

「我相信很快你就可以升經理。」

「怎麼可能？沈經理做得很好。」

「你不知道，沈經理一家人要移民，過完年就要離職了，我會建議公司從內部拔擢，不另外招聘，你是副理，升經理順理成章，再耐心等幾個月吧，副理這個職位其實可有可無，先升你做副理，其實就是為了經理這個位置鋪路。」

晴晴喝了一口香檳，香甜的味道隨著氣泡在她身體裡翻騰，她離自己的夢想又進了一步。

升職後的晴晴變得更忙碌，連辦公室裡的蜚短流長都無暇顧慮，有人認為大非對晴晴偏心，因為情感因素，所以晴晴升職特別快。在背後說短道長的人，可能是因為嫉妒，晴晴不管，她現在的目標是經理，她加班的時間比過去更長，她認為好的工作表現，比避嫌或解釋更重要，她要向大家證明她的能力，即使大非給了她機會，也需要她用實力來證明大非的判斷沒錯，並且爭取更多的機會。

耶誕節快到了，公司的門口布置了兩棵漂亮的耶誕樹，晴晴送給客服部所有同事一人一盒巧克力作為耶誕禮物，她從不吝惜主動示好，即使沒有影響力的人，她也盡量不得罪，這是她的辦公室生存守則，如果不能為自己增加一分助力，至少要減少一分阻力。

至於大非，她送了他一件毛衣，耶誕節那天，他特意穿了那件毛衣來上班，兩人心照不宣互相注視了一眼。大非剛進辦公室，晴晴就收到簡訊，是大非傳來的：「晚上一起吃飯。」

晴晴立刻回覆：「我好期待。」

然而甜蜜的氣氛還不到中午就變了，大非突然走到晴晴的桌邊，當著所有同事的面說：「下星期柏飛的企劃會議，徐經理點名要你參加，同時負責簡報。」

晴晴想，終於來了，大非知道他們碰過面了。她假裝若無其事說：「知道了，我會做好準備。」

「我相信你會。」大非說完，便回辦公室了。

晴晴有些出神，不全是意外，也因為大非當著同事的面戳破晴晴，她迅速決定現在應該扮演弱者，她的升職已經引發猜忌，不能再落下搶客戶的嫌疑，剛才大非不滿的語氣，正好讓別人發現其實大非不只提拔她，也防著她，只是晚餐的約會還算不算數呢？

「怎麼回事？柏飛要你去開會，他幹嘛不高興。」小眉湊過來問。

晴晴以委屈隱忍的語氣解釋缺了一份數據，當時大非在開會，她怕客戶急著用，便立刻送了過去，沒想到大非會不高興。

「柏飛是公司最重要的客戶之一，還不是怕客戶欣賞你，搶了他的鋒頭。」小眉說，突然成了晴晴的盟友，為晴晴打抱不平起來。

「怎麼可能？我的工作資歷根本沒法和他比。」晴晴放低姿態。

「男人一到中年，信心就開始動搖，擔心底下人會搶他們位置，你要多注意。」

「我知道了。」

下班時間一到，大家趕著約會，辦公室一下就空了，晴晴故意留了些工作，拖延著不離開辦公室，直到大非傳簡訊：「我在停車場等你。」她才下樓，一上車，大非就說：「你總算如願，和柏飛接上頭了。」

「我不是有意的，那天你在開會，正好柏飛徐經理打電話來要資料。」晴晴解釋，她不想現在讓大非對她起疑，她還需要大非幫她升經理。

「為什麼沒告訴我？」

「我以為不重要，客戶要資料很普通嘛。」

「但是，你不會親自去送每一份資料。」大非手握方向盤，眼睛盯著前方，她卻覺得大非正以眼神穿透她。

「那份數據是交叉比對後的統計結果，沒經過解釋，很難看懂。」

大非沉默了，似乎是接受了她的解釋。整個晚上，晴晴小心翼翼，在言談中流露出對大非的崇拜，一頓飯吃下來，大非總算是忘記了對她的猜疑，回到男人與女人之間的吸引與需要。他將自己的手覆在晴晴的手上：「我會教你，讓你縮短和別人競爭的時間，你很聰明，但不要反被聰明誤，知道嗎？」

「你想太多了，剛才都快把我嚇死了，你的眼神好像要吃掉我，其實我只想做好你的助手，能夠為你分擔，就夠了。」

「你說對了，我真的想吃掉你，不過不是剛才，是現在。」大非說著，在晴晴頰邊吻了一下。

晴晴甜蜜的笑著，她還是得小心大非，他是真的已經開始提防她了。

「我想吃掉你，你沒聽人說過嗎？母兔子會擔心別人傷害小兔子，而將剛出生的小兔子吞回肚子裡，牠認為這樣做最安全。」

「你也要把我吞下去嗎？」晴晴拿過大非的手，在自己的頰邊輕輕摩挲。現在，她還可以用溫存讓大非安定下來，但是，他還會信任她多久，也許問題不在他，而在晴晴，如果她有機會超越他，或者不是超越，而僅僅只是企及，是不是他對她而言，就已經不再稀罕了，至少那時她就不需要他了。

一月，公司為即將離職的沈經理舉辦了送別會，麥可在幾分酒意的慫恿下，宣布了新的接任人選，晴晴如願得到了經理的位置，麥可至今依然沒有放棄對晴晴表示好感，雖然他隱約聽說了大非和晴晴正在交往，但是麥可覺得，他們在同一天認識晴晴，只要晴晴和大非還沒有婚約，他就有機會，這是競爭，至於公不公平？不是他能管的，世上不公平的事太多了。

「你不謝謝我？」麥可等眾人向晴晴說完恭喜後，走到晴晴身邊說。

「謝謝你的賞識，我會全力以赴。」晴晴舉起杯子敬麥可。

「這句話你說給大非聽，對我不管用，我想聽點別的，像是約我吃晚餐，或者是聽音樂會之類的。」

「沒問題。」晴晴一轉頭，看見大非正望著她，於是招手要他過來，說：「為了表示我的謝意，明天請兩位長官午餐，不知可不可以賞光？我知道一家日本料理店，生魚片很棒，還有海膽壽司。」

「算了，三個人吃飯多沒意思，還是你們去吧。」麥可說。

「一起去吧。」大非說。

「我明明比你先見到晴晴，她怎麼會……」

「但是你潑了人家一身咖啡，你忘了嗎？」大非打斷麥可。

「好，去年的事就算了，現在已經是新的一年了，不能再記仇囉。」麥可說完，轉身找別人喝酒去了。

「他對你還不能忘情。」大非說。

「鬧著玩吧，他對很多女孩都這樣。」晴晴避重就輕的說。

「不是很多，只有漂亮的女孩。」大非深情的注視著晴晴，他不僅是喜歡她的美麗，也欣賞她的工作能力，他希望他們的生活能夠更密切的結合，她應該是不錯的太太。

但是，大非根本來不及提出求婚，因為一個錯誤的判斷，引發一連串的人事鬥爭，公司決定將大非調職，由原本的企劃總監調顧問。顧問是可有可無的職位，薪水不降，但是對公司事務無實際管轄權，大非沒有因為這一次職場上的挫敗，而失去信心，他相信自己可以扳回，只是需要機會。

「大非，我支持你，大不了我們自立門戶，我相信有不少客戶會選擇我們。」晴晴說。

「現在還不是時機，不過，謝謝你，聽到你這樣說，讓我很窩心。」大非拍了拍晴晴的肩，輕輕撥開她披在肩上的長髮，突然晴晴的手機響了。

「對不起，我接一下電話。」晴晴拿起電話，按下通話鍵，是夏天，他說：「你在哪，怎麼還沒過來，我們都在等你。」

「天哪，我有事耽擱了，馬上過去。」晴晴回答，她完全忘了唐唐幫她辦了慶祝會，慶祝她升經理，上星期約定今天辦慶祝會時，還不知道大非會被調職，今天突然發布人事命令，晴晴錯愕得什麼都忘了。

「怎麼了？」大非問。

「我和糖屋子的朋友約了碰面，我忘記了，一起去吧。」晴晴說，她避開了慶祝的話題，怕大非聽了不舒服。

「你去吧，你們好久沒見了，好好玩，我不陪你了，今天心情不對，別讓我掃了你們的興。」

「可是你一個人，我不放心。」

「別傻了，我這麼大的人，一點小風浪算不了什麼，我送你過去，你開開心心的去吃飯，別讓人家等太久。」

「好吧，有事打電話給我。」

晴晴坐大非的車來到糖屋子，已經是晚上九點了，她遲到了整整一個小時，一進餐廳，海兒便拉著晴晴說：「我的大經理，一升職，連和我們吃飯的時間都沒有了？」

「不是，真的是有點突發狀況。」晴晴解釋。

「當然是公事重要，晚點吃飯不要緊，反正今天的主菜是起士火鍋。」唐唐打圓場，不希望讓晴晴尷尬，也不希望夏天胡思亂想。

馮國衛也在，反倒沒看到梁深，國衛為了慶祝晴晴升職，特別準備了香檳和比利時純巧克力。

「我餓壞了，可以吃掉一頭牛。」晴晴說。

「我們可沒有一條牛讓你吃，就只有桌上這些。」海兒說，滿滿一桌子菜，全是晴晴愛吃的，鮭魚蘆筍捲、蘋果蝦仁盅、烤茄子、蒜香羅勒蘑菇、櫻桃烤豬排，還有核桃派。

「有新朋友？」晴晴這時才發現有一個陌生的男人一直安靜地在那兒看著大家。

「你好，我是路波。」

「喔，電子看板先生。」晴晴脫口而出，夏天踢了她一下，晴晴迭聲說：「對不起，童言無忌。」

看來路波和海兒頗有進展呢，反而是唐文和梁深不如預期來得順利，也許有些愛情要先經歷波折，才能充分感受甜美，路波和海兒之前都有過不小的波折，那麼晴晴呢？晴晴現在該把賭注押在哪裡，繼續押大非嗎？也許這不是個明智的決定，她的事業才剛剛起步，眼看著將逐漸向上攀升，屬於她的人生顛峰，極限在哪裡還看不到，但是大非卻極可能要由高峰往下走了。

「電子看板先生，原來這是我的新綽號，所以，晴晴也知道我的故事。」路波大方的說。

「這是一個很好的公關案例呢，你應該妥善運用，會為你創造一個十分人性化的形象，消費者可能因此接受你的產品，一種新的領導品牌。」

「我不想把生活和工作混在一起，我是真心找海兒，不是為了打知名度。」

「海兒，真羨慕你。」晴晴說。

「晴晴的聰明和美貌，你一定看得出來，如果你以為這就是她的優點，那就錯了，在她所具備的許多優點中，聰明和美貌並不是最可貴的，最可貴的是她對工作的投入和堅持，很多年輕人都無法比，你公司如果需要公關，別忘了晴晴。」海兒說，她知道晴晴一心想升遷，新客戶很可能成為升遷的敲門磚。

「海兒，謝了，還好你沒有投入公關界，不然我沒飯吃了。」

「怕什麼，大不了回糖屋子打工囉。」夏天說。

啵一聲，馮國衛開了一瓶香檳，瓶塞掉落在地上，那啵的聲音暗示著歡愉。

「來，嚐一嚐，看這香檳的色澤多漂亮，尤其是綿密的氣泡，這可是真正來自香檳區的。」馮國衛倒的第一杯香檳遞給晴晴。

晴晴喝了一口，果然好喝。

「這是混合了莎當妮、黑皮諾和皮諾墨妮耶三種品種的葡萄，口感很豐富。」國衛解釋，他轉動著香檳杯，觀察氣泡和色澤，然後才喝了一口香檳，不立刻嚥下，而是讓它在口腔中停頓一下，這樣味蕾可以充分感受它的味道。

「你少講一點酒，多講一點人，也許就追到唐唐了。」晴晴在國衛耳邊低聲說。

馮國衛笑了笑，喝了一大口香檳。

這是一個愉快的晚上，晴晴幾乎沒有想起大非，原來她並不真的掛念他，和糖屋子的人相聚，熟悉溫暖的感覺有如家庭。聚會結束，夏天送晴晴回家，路上晴晴問梁深最近和唐唐怎麼樣？

「你知道，北海道之旅由向日葵、楓葉一直到賞雪，梁深延期了三次，唐唐心裡很不好受，加上成瑜楓一直來攪局。」夏天說。

「梁深這麼不乾脆，唐唐放棄算了。」

「問題是唐唐放不下。」夏天把唐唐初戀的故事告訴了晴晴。

「天哪，那個男孩等於是在唐唐眼前死去的。」

夏天點點頭。

「所以每個人的行事背後，都有他累積的原因。」

「你呢？你的原因是什麼？」夏天問。

晴晴怔了一下，半晌說：「我家到了。」

那一夜，晴晴做了一個夢，夢裡她還只是個孩子，爸爸工作不順利，媽媽踩著縫衣車貼補家用，幫鄰居太太們做漂亮的衣服，自己卻穿著簡單的舊衣服。晴晴小時候最恨鄰居媽媽來試穿新衣服時，挑三揀四的態度，明明長著一個水桶腰，卻嫌媽媽的工不夠細，腰線沒裁好。夢裡，她陷入了成堆還沒裁剪的布料，媽媽縫衣的身影愈來愈瘦弱，她要喊媽媽，滑膩鮮豔的衣料卻圍堵著她，她好難受，無法呼吸，她大聲咳了起來，於是從夢裡醒了。

晴晴看了一眼床頭的鬧鐘，清晨六點，她不想再睡了。梳洗好，她打電話回臺南老家，爸媽一向起得早，她對媽媽說：「我這個週末回家。」今天下班後，她要去百貨公司為媽媽買新衣服和保養品，她好久沒回家了，小時候她希望爸爸送媽媽而爸爸沒錢買的禮物，現在她要一一買給媽媽。

有時候，我們會想

為什麼上天不多給我們一點暗示，

好讓自己少受一點傷，

但是當暗示擺在眼前時，

我們又常常視而不見。

尤其是當我們害怕失去愛情時，

我們故意忽略掉一些小細節，

我們只看見自己想看見的，

唯有這樣，我們才有勇氣繼續下去。

有時候，我們會想為什麼上天不多給我們一點暗示，好讓自己少受一點傷，但是當暗示擺在眼前時，我們又常常視而不見。

尤其是當我們害怕失去愛情時，我們故意忽略掉一些小細節，我們只看見自己想看見的，唯有這樣，我們才有勇氣繼續下去。

中午，屋外的陽光正好，很適合把心情攤開來晾曬，好心情會更歡暢，就連壞心情也可以舒爽些。

廚房裡一貫忙碌，不論心情如何，一道溫暖美味的料理都是提供面對生活的能量來源，海兒將切碎的芹菜丟入鍋中，蔬菜湯馬上就完成了，這一鍋加入了高麗菜、胡蘿蔔、洋蔥、蕃茄、鮑魚菇、月桂葉和整顆大蒜熬煮的蔬菜湯，是糖屋子最受歡迎的菜色之一，好吃的祕訣是用蘋果提味，喝一口，蔬菜的營養就會驅走心裡的疲勞感。食物實在是很神奇，果腹之外，還提供了情緒的舒緩。

夏天扛了一箱啤酒進到廚房，聞到剛煮好的蔬菜湯，忍不住說：「好香。」

「待會兒喝一碗，很營養。」

夏天點點頭，將紙箱裡的啤酒一瓶一瓶放入冰櫃。

「嘉嘉寒假要去安親班嗎？」夏天問。

「我幫她報了名，可是她不想去。」海兒說。

「小孩都這樣，好不容易盼到寒假，當然想自由自在的玩。」夏天說。

「昨天路波帶她去淡水騎腳踏車，嘉嘉一點都不排斥路波，讓我很訝異。」

「因為路波對她，比她爸爸還好。」唐文衝口而出，說完又覺得有些冒失，還好海兒似乎不以為意。

「有時候我會想，如果當初路波就追我，我是嫁給他，而不是嘉嘉的爸爸，我的人生就會完全不一樣，愛情的影響真的很大，選擇錯了，可能改寫一生。」

「現在也不遲啊，曾經錯過，所以你們更懂得珍惜。」唐文說，她正在醃午餐要用的羊排，手中的迷迭香均勻的灑在羊排上。

「我離婚的時候，以為會一個人孤獨終老，在愛情的市場上，單親媽媽的殺傷力很大，沒想到緣分難以捉摸，現在想想，真該感謝嘉嘉的爸爸。」

唐文聽了，心裡想也許有一天她也會感謝梁深，他的優柔寡斷說不定只是為了讓唐文明白，愛情其實可以更清楚些，如果真是如此，老天爺的安排還真是煞費苦心。

夏天放好啤酒，又出去擺餐具，午餐時間就要開始了，上班族吃午餐的時間很固定，人潮在十二點出現，一點半就開始散了。最近梁深比較少來吃午餐，通常是晚上來，吃完晚餐，喝杯茶等唐文打烊，不過昨天他去上海出差了，這回要去一星期，本來梁深問唐文有沒有空一起去，雖然唐文也想去上海，但是一想到也許他是想藉此補償北海道之旅一再延期，唐文就不想去了。

有時候路波也會來糖屋子用餐，海兒下班比較早，路波送她們母女回家，陪海兒看看電視聊聊天，他們的愛情很家常，也很讓人安心。對海兒而言，路波對嘉嘉好，比安排浪漫的約會更重要，唐文忍不住作比較，路波對海兒的重視顯然超過梁深對她。

「唐唐，成小姐來了。」夏天推門進來說。

唐文不得不放下手上的比目魚，檸檬香煎比目魚是今天中午套餐的另一道主菜。

「沙拉已經處理好了，魚就交給我吧。」海兒說。

唐唐脫下圍裙，走進餐廳，夏天已經倒了一杯茶給成瑜楓，唐唐坐下，成瑜楓著急的問：「梁深呢？」

「他去上海了，你不是知道嗎？」這不是成瑜楓第一次來糖屋子找梁深，但是今天她的神情完全不同，以前有種劍拔弩張的氣勢，不管是不是裝出來的，總而言之，氣焰很高，今天卻是不知所措，仔細一看，唐文發現她的臉上還有淚痕。

「你們今天通過電話嗎？」

「沒有，昨天下午他到上海時打過一次電話，然後就沒打了，他說要買一張當地的易付卡，再告訴我新的號碼，怎麼了嗎？」唐文問，從昨天下午到現在，不過才二十個小時，沒打電話很平常吧。

「我今天早上去梁伯伯家，接到一通歹徒勒贖電話，說梁深被他們綁架了，我還不敢告訴梁伯伯、梁伯母，怕嚇壞了他們，我不知道該怎麼辦，第一個就想到來找你商量。」

「歹徒怎麼說？」梁深被綁架了？唐文腦中一片空白，轟然一聲，像是充滿雜訊的電視畫面，她努力鎮定，半晌才開口，能不能救出梁深，現在就靠她和成瑜楓了。

「要我準備十萬美金，他們會告訴我怎麼交款，我留下了我的手機號碼。」

「不告訴梁深的爸媽好嗎？萬一……」

成瑜楓打斷唐文的話：「不能有萬一，我們一定要把他平安的救回來。」

唐文點點頭，她和成瑜楓都無法承擔這萬一的後果，原本的情敵，現在卻成為生死關頭的親密夥伴。

人生常常是荒謬的，情敵也是其中一種荒謬的關係，如果不是因為愛上同一個人，情敵應該可以成為好朋友，相同的喜好和品味，甚至於兩個人身上很可能還有一些相似的特質。

「要不要報警？」唐文問。

「歹徒在上海，我們在臺北報警，恐怕也是鞭長莫及，只希望歹徒能信守承諾，拿到錢就放了梁深。」成瑜楓說，不到一個小時的時間，成瑜楓的手機響了三次，但是都不是綁架梁深的人，成瑜楓匆匆掛斷電話，她現在完全沒有心思和其他人講話。唐文握著成瑜楓的手，覺得自己腦中一片混亂，各種和梁深有關的片段情節爭相湧入。梁深出發去上海之前，她還在和他嘔氣，那天他來糖屋子等她下班，陪她走回家，梁深伸手牽她時，她掙脫了他的手，如果梁深可以平安回來，她一定不會再為了成瑜楓和他嘔氣，她會耐心的等，會包容梁深的優柔寡斷，只要他能平安回來，這是唐文唯一的心願。

海兒送來兩碗湯，她已經從夏天那裡聽說梁深被綁架的事，她放下湯碗和剛烤好的麵包，說：「先吃點東西，才有力氣應付接下來的事。」

「唐文，如果梁深能平安無事的回來，我再也不會糾纏他，我知道他本來愛的就是你，我會完完全全退出，從此和他只是兄妹。」成瑜楓突然說，她說完後，緊咬著雙唇，眼淚在眼眶裡打轉，因為哭了好幾次，她臉上的妝已經殘了，唐文卻覺得她比平常看起來更動人，平常的她太精雕細琢，現在的她很無助，甚至有些憔悴，卻添了幾分惹人心疼的味道。

唐文對於成瑜楓的決定感到吃驚，她只想著如果梁深平安回來，她不再為了成瑜楓和梁深嘔氣，成瑜楓卻願意放手，是不是因為成瑜楓比唐文更愛梁深呢？

「怎麼他們還不打電話來，會不會有什麼事？」成瑜楓說。

「都兩點了，如果要匯款，只剩下一個半小時。」唐文說。

成瑜楓的手機在此時響了，成瑜楓立刻接起電話，歹徒問清楚她已準備好贖金後，只簡單交待了幾句，就掛掉了電話。

「他們要我把錢裝在紙餐盒裡，然後開車上高速公路，往南走，等待下一步指示。」成瑜楓說。

「我和你一起去。」唐文說。

「看來他們在臺灣有人接應。」

「會不會是詐騙電話？」夏天突然說，午餐的客人已經散了，原本熱鬧的餐廳一下子安靜了下來。

「你是說他們並沒有綁架梁深？可是為什麼梁深的電話都打不通呢？」唐文憂心忡忡。

「也許他在開會，所以先把手機關了。」夏天說。

「不管是真是假，我們不能賭。」成瑜楓拿起皮包，將美金裝入海兒給她的餐盒裡，決定開車上高速公路，唐文隨她一起走出餐廳。兩個女人，為了心愛的男人一起上路，成瑜楓從建國高架路開上高速公路，天氣很好，陽光從車窗玻璃灑了兩個人一身，成瑜楓戴著太陽眼鏡，唐文看不見她眼裡的不安，但依然強烈感受到緊張的氣氛，充斥在整個車廂中。

「從我有記憶起，梁深就在我的生活裡，小時候他帶我放風箏，教我游泳，對他而言，我像個妹妹，對我而言，他卻是我整個青春期暗戀的對象。後來我從國外回來，在雙方父母的撮合之下，梁深開始和我約會，但是他一直很迷惑，他喜歡我，像喜歡一個妹妹一樣，我們之間沒有激情，他心裡知道，但是長輩們總是說，感情是培養出來的，感情可以培養，愛情卻不行，遇到你之後，梁深明白了愛上一個人是怎麼樣的感覺，他也更加確定他和我之間不是愛情。」成瑜楓手握方向盤，太陽眼鏡後的眼睛專注的望著前方的道路。

「他說希望等你交了別的男朋友，自己主動放棄他，他不希望傷害你。」

「我知道，所以我故意不交別的男朋友，我想只要我不和別人談戀愛，他就沒法專心和你交往，總有一天你會受不了，我很自私，對不對？」

「我們都是吧。」

車子經過泰山收費站，繼續向南行駛，午後的陽光逐漸西移，從右邊的窗子探進，攤在唐文滕上。快到大園時，成瑜楓的電話響了，歹徒問成瑜楓現在在高速公路幾公里處之後，指示她們下一個交流道下高速公路。

「是要我們去機場交付贖款嗎？」唐文問，這是去機場的路。

「可能吧，但我們怎麼才能確定梁深沒有事。」

「他們再打電話來時，要求和梁深說話。」

「我試試看。」

車子來到機場，成瑜楓在停車場停下車，歹徒的電話還沒來，兩個人只好在車子裡等，等了約莫半個小時，電話才來了，電話一響，唐文緊張的胃痛，結果不是，成瑜楓匆匆說：「我現在有事，再打給你。」掛了電話，兩個人互望一眼，來不及開口，電話又響了，歹徒說：「現在到機場的G櫃檯。」

「我要和梁深說話。」成瑜楓說，唐文焦急的望著她，成瑜楓握著話筒的手卻垂了下來，他們把電話掛了。

她們下了車，從停車場走向出境大廳，剛出電梯，唐文的電話響了起來，是梁深，唐文嚇了一跳，問：「你在哪裡？你還好嗎？」

「我的手機掉了，不過現在我已經買了一支新的，我告訴你這邊的電話，你打過電話找我，是不是？沒事吧。」

「我沒事，瑜楓接到電話，說你被綁架了。」

「沒有，我開了一天的會，剛剛才有空去買手機。」

「你等一下，瑜楓在我旁邊，你和她說。」唐文將電話遞給瑜楓，瑜楓才說了一聲喂，就哭了起來，梁深先是哄她，說自己沒事，大概是歹徒撿到手機，從手機的電話紀錄找到家裡的電話，聽她哭個不停，梁深也急起來，問：「媽呢？嚇壞了吧。」

「我沒告訴他們，怕他們受不了，我只告訴了唐文。」瑜楓邊說邊啜泣。

「那就好，你讓唐文聽電話。」

瑜楓將電話遞還給唐文，還是一逕的哭。

「我們正要去送贖款呢。」唐文說。

「你們快回去，不要擔心，我會天天打給你，再過幾天我就回去了。」

掛了電話，唐文望向航空公司櫃檯，看不出任何異樣，瑜楓的電話又響了，歹徒指示她們將裝錢的紙袋放進櫃檯旁邊的垃圾桶裡。

「你覺得他們在監視我們嗎？」瑜楓問。

「不可能吧。」

「我待會兒去化妝室，把紙袋裡的錢換成衛生紙，你現在去向航警報案。」

兩個人分開行動，不知道是不是歹徒已經起疑，航警毫無所獲，放在垃圾桶裡的紙袋一直沒人來拿。

成瑜楓從化妝室出來，唐文注意到她並沒有補妝，她臉上的粉掉了，眼影糊了，口紅也脫落了，如果她有看一眼鏡子，不可能沒發現，成瑜楓一向很注重裝扮，不僅是臉上的妝無懈可擊，長髮隨時有型，十指修剪完美，蔻丹也從沒有剝落。在得知梁深沒事後，她一時之間還沒能完全放下心來，仍逕自陷溺在緊張和不安的情緒中，可見梁深對她有多麼重要，成瑜楓沒發現自己應該補妝，唐文卻發現了，是因為我們總是比較容易發現別人身上的問題，還是因為她愛梁深沒有成瑜楓深？這一個念頭再度出現，讓唐文十分害怕。

回到臺北，唐文告訴夏天和海兒，只是虛驚一場，大家懸著的心才放下，正說著，國衛推門進來，看見唐文，著急的問：「沒事吧，他們拿了錢，放了梁先生沒？」

唐文告訴國衛事情的原委，瑜楓安靜地坐在一旁，因為哭得太厲害，現在雙眼還是腫的，夏天拿了冰毛巾給她敷，海兒盛了蔬菜湯勸她喝一點，瑜楓大概一整天沒吃東西。其實夏天猜測也許是詐騙電話時，唐文心裡也想過有這樣的可能，瑜楓卻因為害怕梁深有任何一點閃失，寧願相信是真的，先付了錢，只求梁深平安，唐文不得不這樣想，也許瑜楓愛梁深真的比她多？

唐文的疑惑並不複雜，她只是還需要一點時間釐清，要釐清的部分並不是瑜楓愛梁深比她多多少，而是是不是瑜楓比較愛梁深，她就應該退讓，又或者，梁深一再縱容瑜楓介入他們之間，是不是因為他一直依戀著瑜楓對他的愛慕？

相較於唐文，晴晴覺得自己的處境複雜得多，她希望大非離開公司，當然是獨自離開，她所表現的道義只是哄大非的，現在和他一起離開哪裡會有前途，她只是不想讓大非難堪，也不希望別人說她忘恩負義，因此表面上她一直極力支持大非，有機會就為他抱不平，但其實她比誰都更希望大非離開。大非留在公司，不但幫不了她，如果她繼續被歸類為大非的人，可能還會阻礙她。大非不可能安分當顧問，只要有適當的時機，他就會企圖利用晴晴達成他重返權力核心的目的，但如果大非離開，企劃總監的位置遲早是晴晴的。

為了逼走大非，晴晴開始在公司網路上散布為大非抱不平的文字，如此一來，麥可更急於除掉大非，大非雖然城府深，但因為急於展示自己的影響力，竟然中計，以為可以利用同事的支持，一步錯，步步錯，終於因為錯估情勢，在公司高級幹部會議上和麥可有了直接的衝突，憤而辭職。

晴晴得知大非辭職，心裡的一塊石頭放下了，事情發展和她預估得差不多，大非收拾了簡單的私人物品，沒有紙箱，不像好萊塢電影中離職的人，雙手捧著一只紙箱，紙箱裡橫七豎八的文具，甚至還有盆栽。大非只有一只提袋，晴晴猜不出裡面有什麼，大非經過晴晴身邊時說：「你好好做，不要為我擔心。」

擦身而過的那一刻，愧疚的情緒湧上晴晴心頭，但是，她沒有別的選擇，至少她自己是這樣認為的。只是如果事實真的如她所想的那般理直氣壯，為什麼她的心情會如此不安。她知道自己這樣做是自私的，但是她的自私是建立在大非的野心上，她要的是更好的發展，如果不是大非眼中只看到自己，她哪裡有機可趁。晴晴再一次告訴自己，這不是她的錯，然而，依然擺脫不掉壞心情，晚上九點，晴晴離開公司，不知不覺來到糖屋子。

餐廳裡的客人都走了，唐文一個人坐在窗邊喝紅酒，晴晴自己拿了一只杯子，說：

「我也需要一點酒精。」

「怎麼了？公司裡有事嗎？」

晴晴搖搖頭，她不想說，唐唐不會懂的，晴晴說：「剛剛忙完，腦子裡亂哄哄的，怕回去睡不著。你呢？梁深沒陪你，你一個人在這裡喝酒。」

「他在上海，明天回來。」

「原來有人思念成疾啊。」晴晴打趣道。

唐唐先是白了晴晴一眼，然後把成瑜楓接到梁深被綁架的勒索電話，一路上發生的事，她心裡的疑慮，告訴了晴晴。

「唐唐，你想得太多了，你所需要考慮的只有你自己究竟想不想和梁深在一起。」晴晴說。

「可以這麼簡單嗎？」唐文問。

「就是這麼簡單，你想要什麼，對你才是真正重要的。」

人生可以這麼簡單嗎？只管自己想要什麼。晴晴覺得自己面對的複雜情況，是唐唐和海兒所無法想像的，她根本不覺得唐唐現在憂慮的事算得上煩惱；而唐唐覺得如果真的愛一個人，必須考慮到對方的感受和需要，梁深對自己的愛情是不是一場錯覺，他和瑜楓在一起太久了，久到讓他以為那是與生俱來的親情，但事實真是這樣嗎？

第二天一早，唐唐接到梁深的電話，他已經辦好登機手續，待會兒就要上機了。唐唐放下電話，梳洗之後來到餐廳，時間還很早，海兒還沒來。唐唐今天穿的橄欖綠罩衫，是梁深最喜歡的一件衣服，她將頭髮挽了起來，露出潔白的頸項。下午三點梁深就會回到臺北，現在開始準備午餐還早了些，她煮了一壺咖啡，烤了兩片吐司，抹上奶油，她還沒吃早餐，一邊吃一邊在餐巾紙上隨手塗鴉。她畫了一棵樹，細細的枝椏和卵型葉片，樹下有一張椅子，椅子上有一只杯子。吐司才吃了一片，咖啡已經喝了兩杯，她聽見有人推門進餐廳，是海兒嗎？唐唐起身走出廚房，站在餐廳裡的是國衛。

「這麼早？」國衛說。

「你也是。」

「經過這，看到門開著，就進來了。」

「吃過早餐沒？我正在吃。」

「有咖啡嗎？我喝咖啡就行了。」

唐唐點點頭，國衛跟在唐唐身後走進廚房，唐唐替國衛倒了咖啡，看見國衛正在看她剛才畫的那一棵樹。

「無聊，隨手畫的。」

「畫得很好，心有所屬的人看了覺得溫馨，彷彿自己正在等待的人馬上就會來坐在這張椅子上。」國衛說，一副若有所思的表情。

「空虛的人呢？」

「對空虛的人而言，那張椅子是為自己準備的，雖然覺得落寞，但願意繼續等下去。」

唐唐笑了：「看你說的，這又不是心理測驗。」

「給我，好嗎？」

「好啊，那有什麼用？」

「你就別管了，連著作權一起給我。」

唐唐沒理會，覺得國衛只是在開玩笑。

「你做的純巧克力蛋糕很棒，有一種說不出的香味，我知道加了雪莉酒，但還有點別的，說不出來，可不可以再做一個給我。」國衛突然說。

「什麼純巧克力蛋糕？」

「有一次下午我來，冷藏櫃裡有一個巧克力蛋糕，沒有特別的裝飾，蛋糕上只有一朵巧克力玫瑰。」

是她做的愛情蛋糕，那個蛋糕是國衛買走的，不是梁深，她弄錯了。她回想那天和夏天的對話，當時夏天才剛來，他不認識梁深，也不認識國衛，他只說是常常來的一位先生，她一廂情願的以為是梁深，結果不是。

「我可以訂一個嗎？」

「當然可以，什麼時候要？」

「後天下午。」

唐唐弄錯了，天知道她弄錯的事情還有多少，也許她和梁深根本沒有什麼特別深的緣分，這樣的想法讓她十分失落。

海兒提著剛從市場買回來的新鮮蔬菜和水果進來了，看見國衛和唐唐一起喝咖啡，她說：「我買了一盒草莓，很新鮮，早上補充維他命C最好。」

海兒打開水龍頭洗草莓，一顆顆鮮紅欲滴的草莓，經過透明清涼的水沖洗，沾上幾顆水珠，擺在白磁碗裡特別誘人。唐唐走過去拿起一顆草莓，有點酸，她忍不住皺眉，突然發現海兒的眼睛有些腫，臉上也透露著疲倦。

「海兒，昨晚沒睡好？」唐唐問。

「我昨晚接到儒磬的電話，他說他老婆不願意生小孩，現在他要把嘉嘉帶走。」海兒將最後一顆草莓洗乾淨，彷彿洗草莓耗盡了她全身的力氣，關了水龍頭，她轉身靠在流理臺上。

「他憑什麼？」唐唐不以為然的嚷著。

「他說如果我不肯，要請律師打官司，他的經濟狀況比我好，可以給嘉嘉更好的教育。」

「但是嘉嘉一定不願意離開你，就算真的打官司，法官也會考慮嘉嘉的意願，而且這段時間他根本對女兒不聞不問。」

「我不能失去嘉嘉，我連打官司的錢都沒有。」

「不要擔心，我們會幫你想辦法。」國衛說：「我有一個律師朋友打離婚官司很在行，爭取撫養權應該也沒問題。這樣吧，我待會兒打個電話約他來這吃飯，我們再問問他勝算有多少。」

「你有沒有告訴路波？」唐唐問。

海兒搖搖頭。

「你怕他也希望儒磬帶走嘉嘉。」

「嘉嘉畢竟不是他的孩子。」海兒說。

「男人如果真心愛一個女人，就應該接受她的一切。」國衛若有所指的說。

海兒拿出芹菜來洗，洗完又接著洗蘿蔓，唐唐看不下去，說：「海兒，你先喝杯茶休息一下，我看你昨晚根本沒睡。」

「不要緊，中午生意還是要做。」

「我來就行了。」

「有點事做，我的心還沒那麼亂，一停下來，我就……」

唐唐沒有再堅持，她把海兒洗好的青菜依照料理需要的方式一一切好，中午的沙拉她打算用蘿蔓草莓，淋上優格醬。她們沉默地煮湯，今天商業午餐的主菜是起士焗明蝦和蘋果醬豬排。不到中午，路波來了，夏天進到廚房叫海兒。

「海兒，你不應該一個人煩惱，告訴路波吧，他很關心你。」唐唐說。

海兒在路波對面坐下，夏天已經送來兩杯綠茶，路波喜歡喝日本綠茶。

「你是不是有事心情不好，早上打電話給你，你就怪怪的。」路波說。

「儒磬，我的前夫想要帶走嘉嘉。」

「他有什麼資格？離婚的時候是他自己放棄的，再說，他現在的老婆會好好照顧嘉嘉嗎？」

「我不知道，他說他老婆不要生孩子，所以嘉嘉是他唯一的孩子。」

「依照你之前告訴我的，他並不是一個愛孩子的爸爸，為什麼現在突然要爭取撫養權，這段時間他對你們母女不聞不問，他該不是想要藉著打撫養官司，庭外和解時，向你要一筆錢吧。」路波推測著。

「路波，不是什麼事都和錢有關係，你說儒磬的老婆不會對嘉嘉好，如果我真的和你在一起，你呢？你會對嘉嘉好嗎？還是你根本沒想過要和我繼續下去。」海兒衝口而出，她最擔心的是有人搶走嘉嘉，但是她對眼前自己和路波的情感其實也沒有信心。

「對不起，我只是在想辦法解決。我的意思是說，如果他要的是錢，我可以給他，我捨不得你難過，我也捨不得把嘉嘉給他，更何況上法庭對嘉嘉沒好處的。」路波解釋著。

海兒沉默了，她不明白為什麼自己的人生變成這樣，年輕的時候她一心只想做個賢妻良母，那時候同學都笑她心無大志，結果她連這麼平凡的一個夢想都無法實現。

「我想和你一起生活，我會好好照顧嘉嘉，我的意思是說，嫁給我吧，我會照顧你們母女。我原本是想在浪漫一點的情況下求婚的，這樣亂糟糟的情況，日後你回想起來，會遺憾的，連朵玫瑰花都沒有。」路波說。

「你是真心的嗎？」海兒問。

「當然，我知道你現在心很亂，你不用現在答覆我。」

「路波，如果你是真心的，我不在乎求婚浪不浪漫，更不在乎有沒有玫瑰花，我在乎的是當我遇到難題時，你在我身邊。」

因為擔心海兒，唐唐幾乎忘了梁深今天回來，午餐時的客人又特別多，原本準備的黑醋栗蛋糕全用完了，晚餐沒甜點，所以午餐時段一過，唐唐就開始做藍莓派，直到接到梁深的電話，才發現他的飛機已經到機場了，以前她都會掛念著飛機降落的時間，從飛機降落前十分鐘，就開始等著電話響起。

「我待會兒去看你，要先回家一趟，晚飯後吧。」梁深說。

「好，記得打個電話給瑜楓，綁架詐騙把她嚇壞了。」唐唐說。

梁深回來了，她應該正視這個問題，梁深的優柔寡斷，是個性使然，是不願意傷害瑜楓，還是他早已習慣瑜楓是他生活的一部分？

唐唐坐在廚房，喝著一杯溫暖的薄荷茶，熱熱的茶喝進嘴裡卻有一股清涼感，那是一種很奇妙的感覺，難怪有人形容愛情是如人飲水，冷暖自知，原來愛情的內裡真是只有當事人才知道，甚至就連當事人有時也弄不清呢，她和梁深之間的愛情，她所扮演的究竟是當事人，還是第三者？

廚房裡瀰漫著剛烤好的派皮香味，仔細聞還可以聞到新鮮的藍莓果香，在這一刻，唐唐真希望愛情可以像做料理一樣，有食譜，材料、做法全都可以清楚列出來，哪個步驟錯了，只要重來一遍。愛情的成分是什麼？她要的又是什麼？突然，她覺得害怕見到梁深，因為她心中充滿疑惑，而她知道，梁深無法給她答案。

我做了一個夢，

夢到我在口袋裡放了一顆糖果，
結果它長成了一棵糖果樹，
一開始樹只有二尺高，
我還可以摘到樹上的糖果，
後來樹卻愈長愈高，
伸手也搆不到樹上的糖果了，
只能看著樹上五顏六色的水果糖球發呆。

愛情發生時，沒有人會想到當愛消失時，可能會有的難堪。

愛情是最好的偽裝，最迷人的面具，讓深陷其中的人看不清真相，等到看清時，傷害已經造成，付出的真心成了對自己鬼迷心竅的嘲諷。

海兒很快收到了前夫委託律師寄來的律師信，國衛介紹的徐律師在做出回應之前，先委託了徵信社進行調查，果然發現儒磬的財務狀況不如表面上風光，他那年輕美麗的新婚妻子花錢如流水，所以徐律師也認為懷疑儒磬不是真心要孩子，而是以此為手段要錢的想法是合理的。

「但是他知道我沒錢。」

「我們會找徵信社調查他，他可能也會耳聞你有一個富有的男朋友。」徐律師提醒海兒。

「天哪，真是太卑鄙了，這個男人簡直無恥。」海兒咒罵。原本儒磬要爭孩子，她雖然覺得他沒資格，但至少還以為他有人性，見不到孩子了才發現想孩子，沒想到是如此下流，想利用海兒捨不得孩子，向路波要錢。

路波主張由律師出面，既然錢能解決，就庭外和解吧，不要讓嘉嘉上法庭看到冷酷醜惡的一面，但是海兒堅持打官司，她說：「我不會給他女兒，也不會給他一毛錢，如果讓嘉嘉知道了，她爸爸是利用她來要錢，可以為了錢放棄她，她會更傷心。」

徐律師點點頭，說：「只要你想清楚了，我們就準備打官司吧，他的財務狀況不見得能在法庭上為他加分，你放心。」

沒有愛情的時候，儘管有時覺得空虛，但是唐文已經適應了一個人的生活，現在和梁深這種曖昧不明的情況，讓她更難受，她甚至不知道她算不算是擁有愛情。發現瑜楓是如此深愛梁深，令她矛盾，如果她愛梁深不如瑜楓深，她是不是該退出這一場競爭。她已經思索不出答案，現在她連梁深究竟愛的是誰，她也感到疑惑，這更讓她不知所措。是不是因為初戀的傷痛，使得她失去了愛的能力，同時對於接受別人的付出，也有了無法坦然的矛盾。

唐文想見到梁深，又害怕見到梁深，如果梁深的態度像路波對海兒一樣明確，也許她就不會這樣患得患失了。

一天下午，餐廳裡安靜異常，沒有一個客人，玻璃窗環繞的屋子裡，輕柔的流洩滿室音符，突然在這片輕柔中加進了叮噹鈴聲，唐文立時推開廚房的門，是國衛，唐文突然意識到自己在等梁深，昨天他也沒來，連一通電話都沒有，其實原本她和梁深就不是天天見面，但是那時她還沒有意識到自己陷入漫無邊際的等待中。等待讓時間移動變得緩慢，秒針每移一格都是煎熬，她只是不願意承認而已，電話鈴聲、門鈴聲響起時掀動的期待，確定不是後的失望，在她推開廚房的門看清楚國衛的臉時，突然清晰了起來。

唐文走向門邊，搬了一張椅子，什麼都沒說，爬上椅子取下掛在門上的鈴鐺。糖屋子開幕時，她以為這門鈴每一次響起，都代表對客人的歡迎，現在卻成了對她的提醒，梁深也許不如她以為的在乎她。

「怎麼了？」國衛問，他覺得自己出現的時候似乎不對。

「沒什麼，鈴鐺聲聽膩了。」唐文說，回身將鈴鐺丟進了垃圾桶。

「有沒有興趣一起去？」國衛在桌上放下一張請帖。

夏天正好端茶過來，看到請帖上的葡萄園，想都沒想的說：「真漂亮。」

唐文走過來，拿起請帖，是邀請前往澳洲參加葡萄酒產區的嘉年華，唐文隨口說：

「我怎麼走得開？」

「只去一星期，夏天和海兒都上手了，這個產區在阿得雷德附近，阿得雷德有很多不錯的餐廳，偶爾你也該出去看看別人怎麼做，對不對？」

「可是海兒最近為了女兒的監護權，已經夠煩了。」

「反正嘉年華是下個月的事，你先別急著決定，我聽徐律師說，海兒和她前夫的官司，下星期就要開庭了，應該沒問題的。」國衛說，他不僅是勸唐文別擔心，也是在給自己一個下臺階。

唐文在窗邊坐了下來，眼光停留在請帖的葡萄園上，一排一排葡萄藤，彷彿可以感覺到鋪灑在青翠葉片上的陽光。唐文頭也沒抬的說：「夏天，給我一杯咖啡，麻煩你。」

夏天端來一個白磁杯，唐文沒看，拿起來喝了一口，說：「這是茶，不是咖啡。」

「你今天已經喝三杯咖啡了。」夏天慢條斯理的回答。

「再喝一杯，我今天就不喝了。」

「咖啡因不會讓你放鬆，只會讓你緊張。」夏天說。

「我沒有緊張，也不需要放鬆。」唐文放下了請帖，葡萄藤上的陽光消失了。

夏天又拿來一杯咖啡，放下咖啡杯時他沒看唐文。

夏天和晴晴，海兒和前夫，唐文和梁深，顯然糖屋子裡的人全陷進了扯不清的糾葛，國衛這樣想著。

電話響了，唐文假裝沒在聽，其實全身的力氣都在耳朵上，夏天接了，沒喊她聽，不是梁深。夏天放下電話，自顧自對著空氣說：「咖啡豆明天送來。」

唐文一口氣喝下半杯咖啡，沒吃午飯，又喝太多咖啡，她的胃翻騰著，國衛問：「海兒呢？」

「去買點材料，晚餐要用的，應該快回來了。」唐文說。

「走，陪我去個地方。」國衛說。

「什麼地方？」

「我的朋友新開了家餐廳，一直要我去看看，前一陣都沒空，一個人去怪怪的，陪我走一趟，五點前送你回來。」國衛說。

「吃完晚餐再帶她回來吧，晚餐都準備好了，海兒和我沒問題。」夏天大聲說：「出去走走，你忘了有樣東西叫做手機，你不會錯過什麼。」

「錯過什麼？」唐文問，大家都看出她的不安，是因為等待嗎？她其實可以打給梁深，但是她不願意，為什麼一通電話會突然變得這麼重要。

「店裡如果有事，我們會打給你，放心吧。」夏天避重就輕的說，他不想說破唐唐的心事，尤其是在國衛面前。

唐文隨國衛走了，也許她真的該出去走走，雖然心裡依然放不下等待，但形式上的堅持沒有了，也許心裡會好過一些。

國衛開車，穿過幾條街，就到了他說的地方。進去坐下，國衛點了一瓶香檳，一份煎鵝肝，一份火腿哈密瓜。漂亮的香檳杯裡注入了淺黃色的酒，綿密的氣泡爭相往上竄，杯子剛湊近唇邊，氣泡就湧向鼻尖，清涼的迸裂，像小時候喝汽水，唐文喝了一大口，清爽的微酸口感，唐文立刻感到一點暈眩，那種暈眩很舒服的。

「吃點東西。」國衛切下一塊鵝肝，用叉子叉起遞給唐文。

唐文接了過來，鵝肝細膩濃郁，入口即化，她又喝了一口香檳，她得把梁深從她的腦子裡趕出去。

「美味的食物可以給人幸福的感覺。」國衛說。

「我以前也是這樣想，可是現在覺得只能靠食物感受幸福的人生，有點悲哀。」

「那是因為你還年輕，再過幾年，你也許會和我一樣，覺得還能靠食物感受幸福，是一種幸運。」

年輕？唐文已經很久不覺得自己年輕了，大概是從她初戀男友車禍死亡，她就開始變老了吧。還在學習愛的時候，死亡就闖進了她的人生，還弄不清楚愛情，就要先面對死亡，被嚇壞了的她不知道該怎麼辦，從此她對愛情總是保持著一定的距離，即使熱戀中，她也總是無法投入，老是忍不注跳開觀望，想先發現這一段感情中埋藏的傷害在哪裡。有時候她甚至覺得如果她真的得到了幸福，對初戀男友太不公平，如果不是她和他嘔氣，他不會這麼年輕就死了，才十七歲，他的人生因為她提前結束了，她還能擁有幸福嗎？她不相信。也許就因為這樣，所以她的日籍男友背叛了她，所以她沒法像瑜楓那樣愛梁深，梁深即使不明白，也感受得到她的猶豫吧。

是不是因為她不能堅定的為了愛情，義無反顧像瑜楓一樣勇敢去愛，所以梁深也跟著優柔寡斷起來，還是因為梁深不夠果斷，她才一直走不出過往的陰影，他不能伸出強而有力的手拉她。最近她偶爾會想起初戀男友，每一次想起，立刻背脊發涼，手指冰冷。

這樣的心情，做出來的料理，是無法讓吃的人感到幸福吧。

「你覺得自己不年輕了嗎？」唐文問。

「至少比你老。」

「蒼老是一種心情，不是年齡。」

「唐唐，愛情應該不需要反覆思索，而是自然而然，如果梁先生讓你這麼不開心……」

「我就不該再強求了。」唐文打斷他。

「心情不好把它說出來。」

唐文搖搖頭，國衛對她的用心，她知道。在一個喜歡自己的男人面前，傾訴另一個讓自己傷心的男人，太殘忍，她不會這樣做。

「出國散散心，對你有好處。」國衛說。

唐文卻又不爭氣的想起梁深原本答應陪她去旅行，終究他是給不起承諾的，為什麼她一直不肯承認，是因為一旦承認了，就沒理由繼續下去了嗎？

兩個人喝了大半瓶香檳，唐文覺得自己輕飄飄的。一串樂聲在她的皮包裡響起，是她的手機，她拿出來，梁深，他終於打來了，其實也才四十個小時沒接到他的電話，為什麼她覺得自己等了好久好久，她可以打去的，她卻不打，因為沒有信心吧，有信心的情人不會這麼掙扎。

「喂。」她匆匆整理自己的聲音，走到門口講話。

「你在外面。」

「對，和朋友去一家新開的餐廳看看。」

「喔，你也懂得考察別人的業務了。」梁深的語氣很輕鬆。

「還在忙？」唐文希望晚上兩個人可以碰面，她從來沒有像這一刻這麼缺乏安全感。

「對，晚上有應酬，結束大概會很晚，你早點休息，我就不打給你了。」

有應酬，瑜楓會去嗎？唐文問不出口，她其實可以說，晚一點沒關係，我等你電話，但她也說不出口，她得替自己留一點餘地，如果連後路都沒了，她會更沒有安全感。

真可悲，她唯一可以留給自己的後路，竟然是這一點可憐的保留。當有一天對方要從她身邊離去時，她可以騙自己，我也沒那麼愛他，至少我沒開口要他留下，如果我開口了，也許事情會不一樣，他放棄我，是因為我不夠愛他。

回到座位，國衛將瓶子裡剩下的香檳平均倒入兩只杯子裡，他沒有看唐文，語氣毫無情緒：「是梁深？你們要一起吃飯？」

唐文搖搖頭，說：「他晚上有應酬，送我回去吧。」

她不能因為解決不了一個男人的問題，就把另一個男人拖進來，如果一樁愛情習題裡，三個人太多了，四個人也不見得就會找出解決方法。

回到餐廳，海兒已經準備好例湯和前菜，料理臺上放了一盒紅豔欲滴的櫻桃，唐文一進廚房就看到了，她隨口問：「海兒，你買了櫻桃，現在很貴吧。」

「不是我買的，剛才梁深來，他拿來給你的，他知道你喜歡吃櫻桃。」海兒說。

他來了，在她不在的時候，唐文心裡一陣悵然，他打電話給她的時候，原來是在糖屋子，他為什麼不說呢？

忙完晚餐，餐廳只剩下幾桌客人在喝咖啡，海兒先下班了，夏天留下來打烊，唐文反正不想回家，她烤了一張派皮，然後拿出一半的櫻桃作餡，剩下的櫻桃洗淨，放在玻璃碗裡，一邊吃櫻桃，一邊做櫻桃派，她決定明天早上拿這個櫻桃派去辦公室給梁深，她不要一直等下去。

打烊前的廚房，已經收拾整齊的料理臺，閃耀出不鏽鋼冷冷的光芒，失去了料理食物溫暖的氣息，流露出實驗室中才有的理性。櫻桃派的香味悄悄從烤箱中洩出，使得唐文在這理性的假象裡，又體味到甜蜜的氣息。

她不知道，那甜蜜其實只是暫時。

第二天一早，唐文拿著裝了櫻桃派的盒子，來到梁深的辦公室。搭電梯時，她不安了起來，這是她第一次到辦公室找他，會不會太唐突了，也許他有客戶來訪，也許他在開會，她的出現會不會是一個打擾，或者她放下櫻桃派就走。猶豫的時候，電梯門已經打開，她不得不跨出電梯門，面對著電梯門的就是梁深公司的櫃檯，櫃檯後的接待小姐已經看見她，臉上出現「有什麼事？」的職業表情，唐文跨進玻璃門，試圖掩飾自己的不安，問：「我找梁深，他在嗎？」

「小姐貴姓？」

「我姓唐。」

接待小姐打了電話，當然是撥給梁深的，她說電話時聲音很低，唐文什麼都沒聽清，放下電話後，請她等一下，大約過了五分鐘，梁深出來了。

「來，到我辦公室。」梁深帶她往裡走，看起來神色自若，她並沒有打擾他，還好，她剛才還擔心自己太唐突。許多夜晚決定做的事，到第二天早上付諸實行時，又會突然感到心虛，白天這個社會的規則太清楚。

梁深交代祕書倒兩杯咖啡進來，他的辦公室靠窗，可以從十六樓俯瞰敦化南路的林蔭大道，唐文將櫻桃派放下，說：「這是用你拿來的櫻桃做的，你來了，怎麼不告訴我？」

「我只是看見新鮮的櫻桃，想你愛吃，正好開完會有一點空檔，買了就拿去了，反正不能久坐，就沒和你說了。」

祕書端了咖啡進來，梁深說：「正好配咖啡。」

唐文喝了一口咖啡，很新鮮的咖啡豆，他有一個細心的祕書。

「這陣子太忙，明天有一個派對，可能很無聊，但因為工作的關係我非去不可，委屈你當我的女伴，好嗎？最多一個小時，我們就離開，然後我們可以去喝咖啡或是看夜景。」

「要穿正式服裝嗎？」唐文問，表示答應了他的提議。

「牛仔褲的確有點不恰當。」梁深不正面回答，他吃了一口櫻桃派，連聲說：「真好吃。」

突然，瑜楓推門進來了，唐文嚇了一跳，櫃檯的接待小姐還有祕書都沒有通報，可見瑜楓對這裡有多熟悉。在這裡，她是一個陌生人，一個送蛋糕的送貨員，瑜楓才是梁深的朋友。

「成小姐，吃甜點，我自己做的櫻桃派，很新鮮。」為了保持風度，唐文主動招呼她。

「唐小姐，你來了，我怕梁深捨不得給我吃。」瑜楓的語氣很甜，不像過去見到唐文那樣劍拔弩張。是因為上次勒索詐騙案，讓兩人莫名其妙的建立了情誼，還是她意識到唐文不見得能贏她，所以展現出了寬容？雖然她曾說梁深平安無事，她要退出，但在那種危急情況下，這樣的言詞誰都可以體諒，甚至覺得感動，唐文忘了，當時她也在心中暗自許諾，只要梁深能平安回來，她不會再為了梁深的優柔寡斷和他生氣，但是危險過去了，嫉妒的情緒又回來了，甚至更深。

「我沒那麼小氣。」梁深說，切了一塊櫻桃派給瑜楓，又請祕書再倒一杯咖啡進來。

「我是不是打擾你們了？」瑜楓問。

「沒有，我馬上就要走了。」唐文說。

「那正好，吃完櫻桃派我送你，我來是因為我媽要我拿這個來給梁深，她寄到我那裡，是維骨力，給伯母的。」

「幫我謝謝伯母。」

「謝什麼，你還沒出世的時候，她們兩人已經有交情了，哪輪得到你來謝。」瑜楓落落大方的說，她說的沒錯，聽在唐文耳裡，卻覺得是提醒她，她只是一個暫時闖入的不速之客。

瑜楓和唐文一起離開辦公室，她們搭電梯到地下停車場，這種辦公大樓的地下停車場都是由樓上的公司承租的，不提供外來的車輛停放，她大剌剌的把車停進來，可見就連停車場的管理員她都熟。

「我聽他們叫你唐唐，以後我也這樣叫你，好不好？唐小姐太生分了。」瑜楓發動車子後說，車子駛出地下停車場，唐文看見管理員和瑜楓點頭微笑，果然她對這太熟悉了。

「好啊。」唐文心不在焉的應著。

「以後你也叫我瑜楓。」

唐文覺得很不自在，成瑜楓的態度就像是個稱職的妻子，幫丈夫招呼他朋友。

「你做的蛋糕真好吃，我真想讓我媽咪嚐一嚐，可惜她回溫哥華去了。」瑜楓說。

「等她下次回來吧，她喜歡吃哪一種口味的？我做個蛋糕送給她。」唐文說，她至少得維持住基本的禮貌，為什麼這個社會有所謂的風度，讓她不得不言不由衷。

「她喜歡巧克力，對了，可以用快遞，三十六個小時應該不會壞吧。」

「用乾冰保鮮，不會有問題的。」

「請你幫我做一個巧克力蛋糕吧，心型的，好嗎？明天下午我來拿，過兩天是我爹地媽咪的結婚紀念日。」

「好吧。」

糖屋子到了，唐文和瑜楓說了聲再見，瑜楓叮囑她別忘了蛋糕，才開車離去。

第二天，瑜楓準時拿走了蛋糕，唐文在裝蛋糕的盒子裡放了許多維持溫度的乾冰袋。

晚餐的工作她交代了海兒和夏天，為了參加晚上的派對，她還要做許多準備，長髮要上髮捲，這兩天沒睡好，得敷個面膜，梁深六點就要來接她了。

唐文選擇了一襲象牙白的旗袍參加派對，合身的剪裁，加上古典的立領襯托出頸部線條，唐文認為比低胸晚禮服典雅。果然，梁深一看見來開門的唐文，眼光中便流露出讚許的神情。

唐文挽著梁深的臂彎進入舉行派對的宴會廳，主人包下整間餐廳，派對採自助餐型態，梁深拿了一杯香檳給唐文，為她介紹生意上的朋友，當她正以在瑞士留學時學的法文和梁深的客戶交談時，她看見瑜楓進來了，手上拎著今天下午從糖屋子取走的蛋糕盒，她向迎上來寒暄的主人說了幾句話，主人回頭望向唐文，微微笑著，那笑不冷不熱，應酬不重要的客人而出現的。主人必須應酬到場的每一位客人，不是因為他在意所有客人，而是不能讓不重要的客人影響了重要客人的情緒。

主人將蛋糕盒子交給服務生，一會兒，唐文親手做的心型巧克力蛋糕放在銀碟子上，和其他甜點一起擺在自助餐臺，主人過來向梁深致意，告訴他成小姐特別帶來一個巧克力蛋糕，說是唐小姐餐廳做的，也許下次派對可以在唐小姐那裡舉行。

唐文很尷尬，她不希望梁深覺得她行事不得體，於是解釋道：「蛋糕是瑜楓訂的，說是為了慶祝她爸媽的結婚紀念日。」

「成伯父和成伯母的結婚紀念日還有兩個月才到。」

這時候瑜楓走過來了，她對唐文說：「我記錯了我爹地媽咪的結婚紀念日，蛋糕我一個人又吃不完，只好帶來了，下次還得麻煩你。」

唐文勉強笑了笑，梁深和應該招呼的人寒暄過，趁著派對最熱鬧的時候，悄悄和主人說另外還有事，就和唐文離開了。他們到新光大樓的雲采廳喝咖啡，梁深見唐文有些悶悶不樂，便說：「瑜楓從小心思就多，你不用放在心上，如果因此為你餐廳帶來新的生意，也沒什麼不好。」

「但是我覺得這樣不太禮貌，我不希望別人以為我故意這樣做。」

「找機會我會解釋的，你別再想了。」

唐文沒再說什麼，但是心情已經壞了，原本想和梁深聊聊這段時間自己擔心的事，也怕情緒不對，一說反而僵了，結果滿腹的話硬是忍著沒說，心情更悶了。梁深送她回家後，她一邊聽音樂，一邊泡澡，直到水都涼了，結果整夜翻來覆去，沒有睡好。

隔天早上，唐文先去市場買菜，因為嘉嘉撫養權的官司今天開庭，海兒中午才來店裡。到了餐廳，她煮了一壺咖啡，煎了兩個蛋，當作早餐，正在吃著，夏天來了，看見她，多瞧了兩眼，說：「看來大家都沒睡好。」

「大家？」

「你、我、海兒和晴晴。」說著，夏天也倒了一杯咖啡。

「海兒是為了今天出庭，你呢？你和晴晴是為了什麼？」

「晴晴公司的少東在追她，我知道我沒資格管，如果她是真心喜歡人家，我也沒話說，但我總覺得她太用心機，別有所圖，昨天我們吵了一架。」

「感情的事，別人很難多說什麼。」唐文其實懂得夏天的擔心，她也同樣為晴晴煩惱。晴晴的心太大，愛情對她而言不僅僅是兩情相悅，還是跨上另一階層的階梯，甚至是打開新世界的鑰匙，她沒法單純的考量誰最適合自己。

「但我並不是別人啊。」夏天苦惱的說。

唐文楞了一下，沒錯，夏天一直喜歡晴晴，對他而言這是一道三角習題，唐文忍不住想，如果古人說「十年修得同船渡，百年修得共枕眠」是真的，那麼，是不是他們都輪迴得太久了，累積太多前世剪不斷的因緣，所以這一世的糾葛特別多，全都陷進了多角關係裡。

夏天不知道，其實晴晴也很苦惱，她完全不知道大非竟然會為她而離婚，當然也許不全是因為她，他和老婆感情本來就不好，但是如果沒有她的出現，也許他不會下定決心離婚，在這個節骨眼上她接受麥可的追求，使得她心生愧疚，即便表面上裝著不在乎，還是忍不住心煩，更不可能有餘力照顧夏天的感受。

一個早上，唐文努力讓自己將心思放在午餐的準備工作上，中午的菜單是南瓜湯、蘋果芹菜沙拉，主菜有兩種選擇，起士雞排或是菠菜魚捲。唐文將醃好的鯛魚片捲上剁碎的菠菜，一邊捲，一邊還是忍不住想著昨天成瑜楓的作為。會費這些心思，想來她自己也不好受。

忙得差不多了，海兒才回來，她的表情十分平靜，一坐下先倒了杯水喝。

「怎麼樣？」唐文迫不及待的問。

「監護權歸我，他每週可以探視一次，但是因為他長年定居國外，所以寒暑假他可以接孩子去住三週，律師說的沒錯，他的財務狀況不好，他的婚姻關係也不好，真是自作自受。」

「你放心他接嘉嘉去加拿大？」

「他不會接的，他沒那個心，他跟我說，他不會放棄，準備再上訴。」

「別擔心，法官不會判給他的。」

「我不擔心，今天看到他，只覺得他既可惡、又可憐，把自己弄得狼狽不堪，真不明白我竟然愛過他，還為他傷心了好久。」

「路波沒陪你去？」

「我不想讓他和路波見面。」

唐文點點頭，表示了解。

「唐唐，男人女人都一樣，選錯了對象，就有數不盡的苦惱。」海兒感觸頗深。

「你現在愈來愈好，一定很多人羨慕你。」

「以前老人家說，一個人一生有多少福分是一定的，在這個方面多拿了，就會在別的方面失去。我現在相信了，在儒磬身上我吃了很多苦，但我還是一樣好好過日子，結果遇到了路波，誰能想得到。路波對我很好，如果當時我不肯放手和儒磬離婚，又或者離婚之後，胡亂尋找情感的慰藉，哪會有現在的幸福。我聽說有些離了婚的女人，因為寂寞，也因為心裡不平衡，又成為別人婚姻的第三者，真是得不償失。」

夏天進來說，有客人點了兩份起士雞排，他先端了南瓜湯和麵包出去。唐文在鍋中倒了油，燒熱後，放進鋪了起士和裹了麵包粉的雞排，熱油不斷冒泡，她想著剛才海兒說的，如果當時我不放手……在她和成瑜楓之間，究竟該放手的是誰？梁深表面做了選擇，其實什麼也沒選，唐文不願意向自己承認，其實問題的根由在梁深，而不是在她或成瑜楓。

炸好的雞排盛在鑲了藍邊的白磁碟裡，淋上一點芥末蜂蜜醬，就可以上桌了，點這兩份午餐的客人是什麼關係？同事、朋友還是情侶？她突然懷念起不知道梁深名字的時候，那時的他對唐文而言，只是一個愛吃義大利麵的客人，她是被欣賞的，很單純的被人欣賞。

三角其實是一種很穩固的關係，
只要這關係保持祕密，
你的心理就可以得到一種平衡，
對一個情人不滿時，
可以用我還有另一個情人勸慰自己，
所以你不會要求太多，
甚至因為偶爾出現的愧疚，
你會表現得分外溫柔體貼。
問題就在祕密往往有拆穿的一天，
一旦拆穿，三個人都陷入苦難……

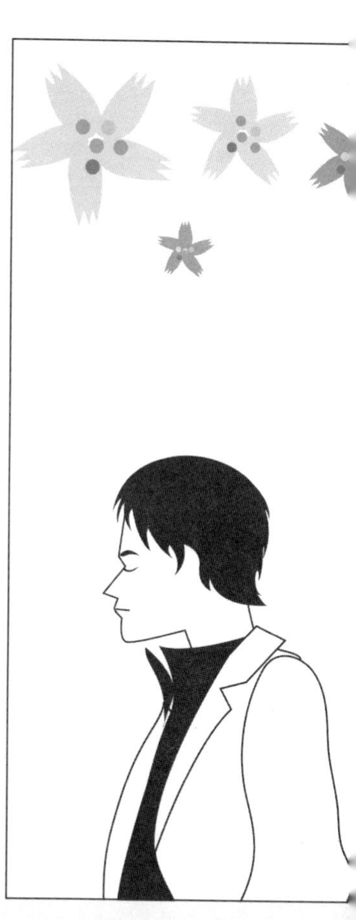

三角其實是一種很穩固的關係，比如攝影機使用的三腳架，比如章回小說《三國演義》魏蜀吳的三分天下。即便在愛情裡，理論上應該也是可行的，只要這關係保持祕密，你的心理就可以得到一種平衡，對一個情人不滿時，可以用我還有另一個情人勸慰自己，所以你不會要求太多，甚至因為偶爾出現的愧疚，你會表現得分外溫柔體貼。

問題就在祕密往往有拆穿的一天，一旦拆穿，三個人都陷入苦難，身為造成三角關係的中心人物受到責難之餘，還被逼著做選擇，而三角關係中曾經受到隱瞞，一度以為自己是唯一的那兩個人，遭逢被欺騙的難堪後，有三種可能的結果，那就是主動分手、被動分手、或是充滿不信任的繼續下去。無論是三者中的哪一者，都不是你心甘情願接受的。

晴晴開始和麥可約會，這在辦公室裡是一個祕密，不要公開是晴晴提出的，一旦同事發現他們之間的戀情，在工作方面，難免會認為麥可偏袒她，那將增加很多困擾，麥可也同意她的顧慮。麥可是一個貼心的情人，晴晴加班，他會請餐廳送來晴晴愛吃的青醬培根麵；晴晴傷風咳嗽了，每天早上桌上會有一盅冰糖燕窩；晴晴週末回南部老家，麥可送了晴晴一支最新型的照相手機，要她隨時拍下自己在做什麼，將畫面傳給他，他深情的說，他不能一天看不見她。

晴晴覺得自己很幸福，雖然因為麥可很忙，除了在公司裡見到對方，他們私下的約會並不頻繁，但是她可以了解，現在對他們而言，事業上的衝刺比什麼都重要。只是她忽略了麥可的貼心其實用金錢便可以輕易堆積，和用心並沒有太大的關係。

一天，晴晴接到大非的電話，坦白說，她嚇了一跳。大非離開公司後自組公司，做得並不好，一開始他們還繼續交往，逐漸出現口角，也許大非也懷疑起晴晴，在一次嚴重的爭執中，晴晴脫口而出，說大非想壓制她，不願意晴晴有更大的發展空間，是因為害怕晴晴可能超越他，大非氣得當場摔掉手中的杯子，引來餐廳客人的側目，立刻揚長而去。

從那時候起他們再也沒有聯絡過，所以晴晴的驚訝可想而知。大非若無其事的說，晚上一起吃飯，那個態勢像是他們還在交往，晴晴猶豫著。大非又說，老朋友嘛，偶爾敘敘舊，沒別的。

晴晴覺得如果自己執意拒絕，反而顯得太小氣，更何況麥可去香港開會，明天才回來，她也沒有非在今晚完成的工作，於是她答應了，兩個人約在以前常去的一家餐廳。

兩個人禮貌而客氣，一邊吃飯，一邊聊起業界的情況，像是純粹工作上的朋友。直到吃完主菜，上咖啡時，大非才說：「聽說你和麥可在交往。」

「你聽誰說的？」晴晴不正面回答。

「你別管誰說的，反正我有可靠的消息來源。」

晴晴搖搖頭，否認道：「我只是和他接觸比較多的部屬。」

「其實一開始你的目標就是麥可，和我交往只是煙幕彈，對不對？」大非盡量裝得坦然有風度，心裡卻洶湧著憤恨，他甚至為了她結束婚姻，她卻如此輕易背叛他。

「你想太多了。」晴晴不願意多談麥可的事，畢竟她和大非交往過，談得太多，隨便一個眼神都可能洩漏祕密。

「晴晴，就算你利用我，我也認了，誰叫我栽在一個小女孩手裡。」

「你教了我許多，到現在我還很感謝你，我怎麼可能這樣做，就算我想，也不是你的對手。」晴晴將身段放低。

「我只想問你，你曾經喜歡過我嗎？」大非雙眼盯著晴晴。

晴晴點點頭，說：「不僅喜歡你，而且崇拜你。」

「那麼我要告訴你一件事，麥可有女朋友，下星期從英國回來，很快就要訂婚了，他和你只是玩玩。」

晴晴心裡一驚，表面上仍裝著若無其事，逞強道：「他有沒有女朋友，關我什麼事？」

「我知道你不會相信，但下星期二他一定會去接機，你可以注意看看，要是我，會在機場守著弄清楚。」

大非跟蹤過她和麥可？他這話的意思似乎是在暗示她，他跟蹤過她，所以知道了她和麥可的事。現在輪到她應該跟蹤麥可了，看看他是否欺騙了她？如果每一個人都去跟蹤自己的情人，是否一半以上的人都或多或少會發現一些出乎意料之外的事？

「我說過了，麥可是我的老闆，就這樣，我不關心他有沒有女朋友。」晴晴近乎生氣的說。

大非笑了笑，雙手一攤，一副隨便你怎麼說的表情，更讓晴晴恨得牙癢癢的，這就是他今天約她吃飯的原因，他想看她的笑話，因為她背叛了他。

喝完咖啡，晴晴一刻不想多留，大非說要送她，她拒絕了。隨手招了計程車，坐上去之後，又不想回家，便來到了糖屋子，還沒打烊，她推門進去，夏天正在做清理工作，唐唐剛結完帳，海兒已經回家了。

「加班到現在？」唐唐問。

「剛和客戶吃完飯。」晴晴說謊，她不想讓夏天知道。

「喝茶嗎？」夏天停下手邊的工作問晴晴，他好幾天沒見到晴晴了。

「我想喝杯酒。」

「有國衛剛送來的紅酒，嚐嚐看。」唐唐從架上拿下一瓶紅酒，拔開瓶塞後，又拿了三只紅酒杯，問夏天：「要不要喝一點？」

「你們喝，我想清理完。」

唐唐和晴晴在窗邊坐下，唐唐還是在三個杯子裡都倒了酒。晴晴拿起杯子喝了一大口，她沒有讓酒在口腔裡停頓，等待味蕾充分感受酒，她不是在試酒的味道，只是在喝酒。

「心情不好？」

「沒有，只是有點累。」

「聽說你和老闆在交往？」

晴晴不耐煩的說：「沒這回事。」難道天底下的人都對麥可有意見嗎？她這會兒最不想談的就是麥可，其實她心底是相信大非的，以他的個性，如果他沒有把握，是不會來她面前拆穿麥可的，因為他知道這種事只能做一次。

「昨天我做了一個夢，夢到我在口袋裡放了一顆糖果，結果它長成了一棵糖果樹。一開始樹只有二尺高，我還可以摘到樹上的糖果，後來樹卻愈長愈高，伸手也搆不到樹上的糖果了，只能看著樹上五顏六色的水果糖球發呆。」唐唐自顧自的說，既然晴晴不希望別人問，她也就不再談了，卻突然想起自己奇怪的夢。

「昨天發生了什麼事嗎？」

「餐廳打烊後，我和梁深去吃宵夜，我們已經好幾天沒見了，宵夜吃了一半，他接到一個電話，說是瑜楓和同事去唱歌，結果喝多了，問他能不能送她回家。」唐唐手指緩慢的旋轉著紅酒杯，眼睛注視著杯中紅酒微微起伏的波蕩。

「你沒和他一塊去接成瑜楓？」

「如果是你，你會這樣做？」

「對，我會這樣做。」晴晴肯定的說，說完自己也懷疑，下星期二她要去機場嗎？看看麥可去接誰。

「我問梁深要不要陪他一起去，梁深說怕瑜楓鬧酒，會耽誤時間，為了讓我能早點休息，所以他先送我回家，然後，我就做了這個夢。」

「他回家後有沒有打給你？」晴晴問。

「有，他說瑜楓就像是他妹妹，要我別想太多，哥哥聽說妹妹喝多了，怎麼能不去看看？」

「成瑜楓不是說她要退出嗎？」

「退出梁深的愛情，繼續做他妹妹，妹妹也可以嫉妒哥哥的女朋友，也可以和哥哥撒嬌，不是嗎？」

「糖果變成糖果樹，糖果代表的是愛情，原本你以為放進自己口袋就是屬於你的了，沒想到糖果變成了一棵糖果樹，連搆都搆不到，也就是你覺得無法掌握自己的愛情。」

唐唐笑了笑，她的確無法掌握，梁深曖昧的態度讓她心煩，不只一次想攤牌，又怕攤牌後受傷的是自己，更何況，她也沒法攤，如果她對梁深說，不能和瑜楓保持距離，就不要再來找她，也許梁深能做到，但她懷疑自己會比現在更難過，現在她至少還擁有一部分，那時她可能會失去全部。

「海兒呢？」

「法官把嘉嘉的監護權判給她了，而且，」唐唐故意頓了頓，才接著往下說：「路波向她求婚了。」

「真的？海兒答應了嗎？」

「答應了，但是她說一年後再結婚，她擔心結婚的事影響嘉嘉的監護權，原來她前夫爭孩子，真的是希望路波用錢和他庭外和解，海兒當然不肯，她怕嘉嘉知道後會傷心。」

「沒出息的男人。」晴晴罵道。

夏天收拾完，走過來正好聽到這一句，調侃說：「兩個女人坐在一起喝酒罵男人，這樣有點像歐巴桑的行徑喔。」

晴晴白了夏天一眼，唐唐望著他們倆，其實他們很相配，只是晴晴不知道，她的心太大，看不見身邊平凡的幸福。

星期二，麥可下午公司要開會，早上卻沒安排任何事，晴晴藉口身體不舒服，上午請了半天假，打電話給麥可時果然他還沒去公司。晴晴耐心坐在入境大廳等，一個上午過去了，都沒看到麥可出現。正當她鬆一口氣，搭機場巴士回臺北時，巴士剛上高速公路，竟然看見麥可的車停在巴士旁邊，麥可的身旁坐著一個短髮女孩，他一隻手控制方向盤，另一隻手在女孩腿上輕輕摩挲，女孩的手覆蓋在他的手背上，他反手握起女孩的手，放到唇邊輕吻了一下。

晴晴覺得自己身體裡的血液一下全都凍結了，她無法思考，眼前這纏綿的一幕，對她卻是無比的殘忍，直到麥可的車超過了巴士，她看不見他們了，她才勉強回過神來。為什麼剛才在機場沒看見他們？她忘了中正機場有兩個航站，一定是她在一航站等，麥可卻是在二航站接機，他有女朋友，而且他的女朋友回來了。她想起麥可和她做愛後，現在溫存的擁著她，對她說：「真想永遠和你在一起。」那時候她以為這是一種承諾，現在才明白，就是因為麥可知道不可能永遠和她在一起，所以他才加上「真想」兩個字。

晴晴翻騰的思緒突然被電話鈴聲打斷，她從皮包裡拿出手機，是大非，她切掉電話，他還想怎麼樣，見她受傷了還不夠，還要再來捅上一刀，他這麼恨她嗎？她嘆了一口氣，而且對她這麼有把握，知道她一定會來機場，只不過她差點錯過了，如果上天安排讓她看到這一幕，用意又是什麼？

晴晴回到公司，麥可還沒進公司，她突然想到麥可親熱時，多鬍渣的下巴在她頸際溫柔的摩挲，酥痲的感覺傳遍她的全身，還有他向下探移的手指，他現在是不是正對那女孩做同樣的事？晴晴的心裡有一把火，她拿出手機來撥給麥可，她想立刻問清楚，麥可關機了，他不讓她打擾他，他連問的機會都不給她。

晴晴坐在辦公室裡，她的呼吸急促，胃一陣一陣抽筋，她吞了一顆胃藥，試圖調勻自己的呼吸。一個小時後，她稍稍冷靜下來了，她要先弄清楚麥可究竟要怎麼做，她不能讓自己一敗塗地，在這間公司她費了許多力氣，才得到現在的位置，如果她輸了愛情，至少不能輸了事業，她要先沉住氣，就算要離開麥可，也要選對時機，不然大非就真的看笑話了。

二點，麥可出現在公司的會議室，看起來神采奕奕。他剛做完愛，晴晴認得這神態，晴晴費盡力氣好不容易裝出來的平靜立時崩解，會議上她還一度因為企劃案和麥可針鋒相對，麥可顯然感到有些意外，別人出來打圓場，他找到臺階，立刻試圖和解，以再討論收場。會議結束，晴晴直奔麥可的辦公室。

「你有別的女人。」晴晴不願意承認那才是他的女朋友，如果承認了，她要將自己置於何地。

「你聽誰說的？不要瞎疑心，你剛才在會議上的行為，真的讓我很為難。」

「大非。」晴晴說，以他過去和大非的交情，他有女朋友的事犯不著瞞大非。

「他幹嘛跟你說這些。」麥可嘀咕了一句。

「所以這是真的？」

攤牌的時間比他預料的提前了，麥可心裡飛快的盤算，二個星期後他就要訂婚了，到時候晴晴一定會知道，現在騙她也沒意義，只是讓事情更難收拾，不如先安撫她。

「這門婚事是我爸決定的，我們結婚對公司的擴展有利，所謂的政治聯姻。」

「什麼時候決定的？」

「你進公司以前。」

「為什麼不告訴我？」

「如果我說了，你還會理我嗎？」麥可的眼神中充滿無奈。

「不會。」晴晴氣恨的說，現在想想，一開始晴晴希望不要在辦公室中公開他們的戀情，根本是正中麥可的下懷，他比誰都害怕這段關係公開吧。

「所以，我怎麼敢告訴你，我害怕你一知道了就會離開我，我知道騙你是我不對，但是我太喜歡你了，就算背負著騙子的罪名，只要你能多和我在一起一天也好。」

晴晴冷冷的望著他，他以為她這麼好哄嗎？講一些似是而非的話。

麥可看出這一番解釋完全沒有奏效，於是改變策略，和晴晴分析：「雖然我就快和別人結婚了，但是婚後她定居加拿大，一年回臺北兩次，我去加拿大兩次，三百六十五天中，我有三百天是單身，你何必那麼在乎那微不足道的六十天，我還是和你在一起的時間多啊，更何況我和她結婚是為了公司的發展，公司有發展，對你也有利啊。」

晴晴沉默著，感情上她嚥不下這口氣，但是利益上她也放不下目前擁有的待遇，她知道爭執無益，她也不可能阻止這門婚事，至於她和麥可之間的關係，她還要再想清楚。就在她無法從矛盾中掙扎出來時，麥可從口袋裡掏出一只紮著白色緞帶的蒂芬尼藍色盒子，遞給晴晴，說：「看看，喜不喜歡？」

裡面是一條項鍊，心型鍊墜是碎鑽鑲成的，晴晴立刻知道這原本不是送給她的，而是麥可買來送未婚妻的。因為在她進麥可辦公室前，麥可並不知道她已經發現他即將和別人訂婚，她本來想把項鍊摔在麥可臉上，但是轉念一想，拿走另一個女人的東西，現在也不失為出氣的一個好方法，於是她讓麥可為她戴上項鍊。

下班前，晴晴辦公室裡出現了一大束鬱金香，卡片上寫著：「原諒我。」晴晴把卡片扔進垃圾桶，雖然她還沒決定，但其實她會原諒他的，然後為了安全，也為了自己的自尊，將這一段曖昧的關係隱藏得更深。

晴晴心目中的三角關係，是她、麥可和麥可的未婚妻，但是夏天心目中的三角關係卻是夏天、晴晴和麥可。

三角關係再怎麼複雜，時間還是以同樣的速度向前推進，這是世界上最公平的一件事吧。

糖屋子的時間在一道料理和下一道料理中度過，忙完午餐，還有晚餐。對唐唐而言，最難受的是梁深沒出現，還是出現時帶著瑜楓的陰影，她已經分不清。只有在做料理時，她可以稍稍忘記自己的苦惱，她對自己的情緒愛莫能助，讓她心慌，當一段愛情企圖在對方身上尋求解答，卻得不到時，其實那段愛情已經出現裂痕，甚至隨時可能破碎，只是她不願意承認。

晚餐剛結束，梁深來了，唐唐問他：「吃過飯沒？」他搖了搖頭。

「今天的羊排很好。」唐唐說。

「那就吃羊排吧。」

唐唐親手煎羊排，加上芥末子醬，和淋了義大利油醋的生菜沙拉，她開了一瓶智利紅酒，坐在梁深對面，聽他說些辦公室的事，她喝了一杯紅酒，已經有微醺的感覺，她忘記自己沒吃晚飯，她用麵包條和起士下紅酒，克制自己不提成瑜楓，不斷的壓抑讓她焦慮，梁深卻沒發現，是她隱藏得太好，還是梁深其實不夠在乎她，這個念頭又帶給她新的焦躁。

她渴望解決橫梗在她和梁深之間的成瑜楓，這渴望日益加深，似乎已經和他們的愛情無關，而是她單純的一個念頭，成瑜楓像是糾纏著她的一個鬼魂，不找人驅鬼，她無法安寧。但是每一回只要她提起這事，梁深都只是無關痛癢的回答，一個任性的妹妹，隨她去吧，反正他愛的是唐文，瑜楓也知道。對於唐文的疑惑，初時他還顯得有耐心，逐漸的，若唐唐再往下說，試圖找出一個解決的方法，他不是顯得淡漠就是不耐，讓唐唐更受傷。

為了不讓氣氛變僵，她努力不說，但是無法不想，於是他們的隔閡日益加深。這一天因為酒意吧，唐唐突然提起去日本旅行的事。

「我最近真的走不開，你想去旅行，找個朋友一起去吧，反正我錢已經付給旅行社了，只要機票改一下。」梁深自以為體貼的說。

「走不開是因為工作，還是因為成瑜楓？」唐文衝口而出，酒精使她少了顧忌，壓抑總是有限度。

「瑜楓的事我已經解釋過，為什麼你總要再提，難道你對自己這麼沒信心。」梁深的語氣透露出不耐煩。

「你是沒給我信心。」唐唐的口氣也不好，為什麼她的委屈，他一點都不明白。

「信心不是我給你的，如果你完全不了解我對你的情感，我也沒辦法。」

唐唐一口喝掉杯中的酒，梁深看她這樣，想緩和一下氣氛，伸手握住唐唐的手，盡量將聲音放柔和：「不要為了別人把情緒弄壞嘛，我希望我們在一起快快樂樂的。」

「強顏歡笑，我做不到，我明明為了這事不快樂，你卻只是叫我不要想，就算我能做到不要想，她也會想盡辦法提醒我她的存在。」

「和我在一起真的這麼痛苦嗎？」

唐唐想點頭，但同時想如果她點頭，他是不是就要說：「那我們分手吧。」或者是：「如果離開我你會比較快樂，那你就這樣做吧。」結果唐唐沒有點頭，她直接說：「是不是除了我離開你，你沒其他方法解決。」

梁深臉上出現受傷的表情，他沒說話，沉默的喝完杯中的酒，餐廳的客人都離開了，梁深說：「我走了。」沒有送唐文回家，沒有要求唐文不要離開他，給他時間，情況會改變的。他只是說，我走了。

梁深一跨出糖屋子，唐文的淚水便奪眶而出，夏天倒了一杯水給她，假裝沒看見。她想，他是真的不夠愛她，她知道的，為什麼還硬要去拆穿，現在她後悔了，他走了，只是讓她更難受，她想試探的是他會不會因為愛她，而徹底和瑜楓保持距離，顯然這只是她的癡心妄想，她隱忍了這麼久，卻依然得到這讓她痛徹心扉的答案。

關上店門，夏天陪她走回家，一路上兩個人都沒心情多說什麼，到了唐唐家樓下，夏天突然說：「愛情不應該是這樣，或者我們兩個都太執著了。」

唐唐反覆咀嚼夏天的話，她太執著了嗎？她想起以為梁深被綁架的那個時候，在面對生死關頭的那一刻，她和瑜楓一定都沒想到，兩個人會繼續陷入糾纏，當時她們兩人一心希望梁深平安無事，但是死亡的威脅一旦過去，嫉妒的情緒便又開始啃嚙著她們的心。是吧，夏天說的對，他們都太執著了。

回到家，唐文看見躺在桌上的邀請卡，在澳洲舉行的葡萄酒嘉年華。再陷溺在這樣糾結的情緒裡，她會窒息，她需要出去走一走，寬闊的葡萄園應該是不錯的選擇。她不想讓自己繼續三心兩意，立刻打電話給國衛，唐文問：「現在訂去阿得雷德的機票，還訂得到嗎？」

「我已經幫你訂好了。」

「你怎麼知道我會決定去？」

「坦白說，我不知道，我只是很希望你去，所以自作主張先幫你訂了機位，明天得開票了，還好你今天打電話來了。」

「你怎麼不跟我說？」唐文問。

「我不想給你壓力，唐唐，輕鬆一點，只是去感受一下酒莊的生活，我不會把這一次旅行當成感情的進程，所以你完全不必有壓力。」國衛真心的說。

「謝謝你。」

「你需要離開一下，放心吧，一切交給我安排，大後天出發，澳洲的季節和臺灣相反，你別忘了。」

掛了電話，唐唐在浴缸裡放滿水，舒服的泡了一個澡，她在水裡倒了許多有風信子香味的浴油，體貼自己並不是那麼難，為什麼一直自苦。洗完澡，她藉著收拾行李不讓自己胡思亂想，折騰了大半夜，才上床躺下，做了許多紛亂的夢，記得最清楚的一個是，她在一片一望無際的草原上行走，風吹亂了她的頭髮和裙子，她費力想抓住自己的頭髮，彷彿不抓住，會被吹落一般，但是草原上的草卻是紋風不動，直挺挺的立著。夢裡她也不以為怪，只是一直往前走，隱約知道有人在前方等她，但是誰呢？她又不確定，走了很久，她終於看到有一個人站在樹下，背對著她，她以為是梁深，她正想喊他，那個人回頭了，是她已經過世的初戀男友，剛看清，她就醒了，什麼都來不及說。

醒來後，她心裡很悵然，到糖屋子，喝了一杯黑咖啡，她才逐漸平靜。海兒來了，她告訴海兒，她要和國衛去澳洲。

「你的臉色不好，是該出去走走了。」海兒說。

「只是這裡要麻煩你和夏天，反正你們一切駕輕就熟，讓你們辛苦了，我覺得過意不去。」

「你那時候為了嘉嘉的醫藥費，接下成瑜楓的派對外燴，晴晴都告訴我了，你現在再這樣說，反而沒把我當朋友了，那你是要我拿你當老闆看啊。」海兒說。

「謝謝你。」

「放心去玩，別掛念這兒。」

怎麼可能不掛念，唐文還沒告訴梁深呢，她不知道該怎麼說，結果直到唐文上飛機，梁深連電話都沒打給她，唐文就這樣去了澳洲。坐在飛機上，唐文想，說不定梁深再也不會打給她了，等她從澳洲回來，他都不會知道她曾經離開過。

Candy House
Menu

對一個人的愛有多深，
往往要到分手後才知道，
就好像只有在飢餓時，
才吃得出食物的美味。

失去讓人看清楚價值，
擁有太多和什麼都沒有，
其實相差不大。

不要再問關於「如果」的傻問題，
你早已失去在她之前遇到他的機會，
但是，你還是有機會遇到愛情。

為什麼先遇見他的人是她，不是你？三角戀情中總有一方會這樣想著。如果你比她更早認識他，是不是結果就會不一樣了？

所有以「如果」開始的問題，都是傻問題，上天注定了他先遇到她，不是遇到你，所以你有的是遺憾，不是愛情。

兩年後，唐文移民去了澳洲，她決定在阿得雷德開一家餐廳，還是叫糖屋子，臺北的糖屋子現在老闆已經是海兒。海兒嫁給了路波，聽說懷孕了，但是海兒一點不擔心路波有了自己的孩子會偏心，因為路波最聽的就是嘉嘉的話。

晴晴沒有料到自己會成為麥可的外遇，而且持續了一年，雖然麥可宣稱自己一年中有三百天是單身漢，麥可的太太還是發現了，因為辦公室裡的耳語，以及徵信社的協助，她帶了人在晴晴住處堵她，沒有多說什麼，她帶來的人拿出利刃在晴晴手腕上劃了一刀，她冷笑道：「見不得光的戀情讓你自尋短見，別人也不會意外，如果是人財兩空，那就更理所當然了。」

當時，晴晴只顧著疼，還沒弄明白她的話，麥可的老婆揚長而去之後，她立刻到醫院掛急診，縫了十幾針，麥可的電話關機，加上失血的虛脫，使得晴晴心寒。第二天，勉強來到辦公室，原本是想聽聽麥可打算怎麼補償她，沒想到他太太已經搶先一步逼麥可開除晴晴，她狼狽的在警衛的陪同下收拾私人物品離開，隱隱作痛的手腕捧著紙箱，她連流淚都忘了。

什麼都失去了的晴晴，終於看見夏天的守候。她現在和夏天一起經營一家公關公司，聽說生意還不錯，晴晴雖然懂得珍惜夏天的深情了，但是還沒答應夏天的求婚。

糖屋子剛在阿得雷德開張，客人比唐文預期的要多，她還是自己下廚，她喜歡做料理。一天，餐廳裡來了一個年輕的東方女子，她吃了一塊起士蛋糕後，問服務生老闆是不是姓唐，從臺灣來的，確定之後，她要求見老闆。

唐唐從廚房出來，她怎麼都想不到，竟然是成瑜楓，往事翻上心頭，她彷彿回到了臺北。

「真的是你，我很厲害吧，一吃就吃出來了，當然也是因為你餐廳的名字沒換。」成瑜楓高興的說。

「你比以前更漂亮了。」

「因為我結婚了。」

「是啊，恭喜你，老公沒一起來。」

「他在開會，如果你不忙，我請你喝杯白酒，好不好？我很喜歡澳洲產的瑞斯林。」

「我請你吧，難得在異國相遇。」唐文交代服務生開酒，拿來兩只白酒杯。

「今天有巧克力蛋糕嗎？我想帶一塊給我老公吃。」成瑜楓說，她的神態自若，彷彿忘了她們曾經是情敵。

「梁深現在也喜歡吃巧克力啦，一定是受你的影響。」唐文說，在兩只酒杯裡注上白酒，她的平靜其實是用力裝出來的，她不像瑜楓那樣自然，因為她是輸的那一方嗎？她還記得曾有過的痛。

「我不是嫁給梁深，你不知道嗎？」瑜楓驚訝的說。

「我不知道，我一直以為你們最終會結婚。」

「沒有，梁深還沒結婚呢，我嫁給了在加拿大唸書時的大學同學。我跟梁深說，他再不結婚就不是黃金單身漢，而是變態怪叔叔了。」

唐文勉強笑了笑，人生真是作弄人，她和梁深分手了，成瑜楓卻嫁給了別人，也許上帝這樣的安排自有祂的用意吧。

「你們當初沒在一起，是因為我嗎？」瑜楓問。

「我原本以為是，但後來想想，應該說梁深並不適合我。」唐文發現自己可以輕鬆面對這段關係，難道到現在她才釋懷嗎？

「聽你這麼說，我就安心了。」瑜楓喝了一口白酒，遲疑了一下，然後她專注地望著唐文，問：「這幾年，我一直想問你一個問題，是什麼讓你下定決心離開梁深？」

唐文想起那時和國衛來到澳洲，才知道不但他的家人多年前都已移民澳洲，在澳洲他還擁有一座葡萄園，每年生產十萬瓶葡萄酒，雖然是很小的酒莊，但是固定提供給附近一些餐廳，還有喜歡的人和他訂購。國衛帶她參觀地下酒窖，他收藏了不少酒，然後他拿起一支瓶子，說是最新裝瓶的，他還沒嚐過，現在開了，和唐文一起試試看。唐文忽然發現酒瓶上的標籤是她的隨手塗鴉，當時國衛收起來，說送給他，不能和他要版權，結果他竟然拿來作葡萄酒的標誌。

「你怎麼……」唐文感到驚訝，但也覺得很感動。

「你的畫給我溫暖的感覺，我希望喝了這瓶酒的人，也能有這樣的感覺。」

「早知道要和你收設計費。」

「設計費我是打定主意要賴帳，頂多讓你作酒莊老闆娘。」

唐文先還沒聽懂，說：「那你不是虧更多。」

「我願意，你願意嗎？」

唐文這才意識到國衛是在求婚，她一時不知道該如何拒絕，才不會讓兩人尷尬。

還好國衛說：「不急，有的是時間，等我帶你逛逛，說不定你會愛上這裡。」

唐文真的愛上巴羅莎了，美麗的葡萄園，一望無際的草原中盛開的薰衣草，漂亮的老房子，晚上可以點燃壁爐取暖，清晨可以剪下花園裡初綻的玫瑰花，葡萄收成時，大夥兒聚在酒倉裡聽爵士樂，品嚐新釀成的葡萄酒，她真的愛上這裡的生活了。

但是她還沒失去理智，愛上巴羅莎，和愛上國衛是兩件事，雖然他做了些讓她感動的事，雖然她很確定國衛愛她比梁深愛她更深，但是她不能因此答應國衛的求婚。

國衛的家人住在雪梨，回臺灣前他們先飛到雪梨去看國衛的家人，國衛的父母和弟弟熱情款待她。她突然想到為什麼梁深一直沒將她介紹給家人，而她也沒想過將梁深介紹給哥哥認識，她是因為對梁深沒把握，梁深呢？梁深是為什麼？也許他自己對唐文的愛也同樣沒把握，所以他不帶她回去見父母。

大家都渴望純粹的愛情，事實上愛情根本就不可能純粹，愛情裡夾雜了太多因素。國衛帶來的因素都是正面的，梁深帶來的卻是負面的，她真的是比較愛梁深嗎？還是因為不甘心，不甘心輸給成瑜楓，又或者更嚴重的，她害怕自己得到幸福，潛意識裡她根本認為自己不該擁有幸福，如果她的初戀男友連人生都沒有了，她憑什麼擁有幸福？

唐文終於明白，她一直害怕逃避的是什麼？為什麼發現日本男友和別人上床，她唯一能做的是轉身走開？為什麼瑜楓不斷糾纏梁深，她卻選擇了隱忍？為什麼她故意對國衛默默的守候視而不見？因為她不相信自己會得到幸福，她以為自己的人生注定有缺憾。

唐文想起去澳洲前做的一個夢，草原中不斷吹撫的風，狂飛亂舞的髮，和紋風不動的草，初戀男友是來和她道別的吧，這一個紛亂人世對他而言早已是靜止的，而她的人生還得要繼續。

從澳洲回來，唐文換了一個心情看國衛，也換了一個心情看梁深。梁深依然下不了決心，在梁深的優柔寡斷中，唐文和他距離愈拉愈遠，終於那距離遠到她可以不看見他。也許她的心裡還是放不下，所以她寧願將選擇權交給梁深，她對梁深說，等到他能妥善處理和成瑜楓之間的關係，他們再見面。結果梁深消失了，唐文當然不肯和他聯絡，她開始辦澳洲移民申請，結果移民申請辦好了，梁深都沒出現，失望的她終於離開了臺北。她告訴海兒如果梁深去糖屋子問她澳洲的聯繫方式，等他問到第三次時，再告訴他。

海兒在電話裡告訴唐文，他來了，也問了，海兒依照唐文的囑咐，沒告訴他，下一次他再來，要不要告訴他？

唐文說，第三次再告訴他。

他又來了，問了第二次，海兒還是沒說。

然後他就再也沒有出現過。

「你這是何苦？」海兒在電話裡說。

「他如果確定自己愛我，就會堅持，但是他其實不能確定。」唐文看過一部好萊塢愛情片，女主角為了確定自己和初識男主角是有緣分的，將自己的電話寫在一本舊書上，男主角將電話寫在紙鈔上，她相信如果真的有緣，男主角會拿到那本書，而她會拿到那張紙鈔，這種情節，才叫做何苦，她只不過是希望梁深確定自己究竟有多愛她。

唐文把糖屋子頂讓給海兒後，自己來到阿得雷德，她開了一間小小的烹飪教室教人做菜，國衛也離開了臺北，專心在巴羅莎開創他的事業。他們時常在週末碰面，但是直到如今，她還沒接受國衛的追求。她不確定自己希望和他一起生活，因為愛情無法培養，但是當愛情發生時，她會知道。

「和梁深一起，我從看不到未來，我想也許我愛上的只是一種錯覺，愛情不應該是這樣，愛情應該可以期待，可以憧憬，應該給人溫暖。」唐文說。

「現在的生活是你憧憬的嗎？」瑜楓問。

「很接近，我只能這樣說，因為我很貪心，永遠有新的憧憬，對於愛情的憧憬，我從沒放棄過。」

「如果梁深再追求你一次，你會接受嗎？」

「誰知道呢？他以前說過當事過境遷，感覺也跟著變了。」

「知道你過得很好，很高興。」

「那時候，你很討厭我嗎？」唐文問。

「如果討厭你就好了，就是因為沒法討厭你，所以我瘋狂的嫉妒你。」瑜楓回答得很坦白。

「我以為我和梁深分手後，你會嫁給他。」唐文說，心裡有股說不出的滋味。

「我原本也這樣以為，但是他不愛我，也許不應該說不愛，但至少沒有激情，只是哥哥對妹妹的疼愛。」

「看來他該加把勁了。」

「是啊，梁伯母好著急呢。」

「急著抱孫子。」

「是啊，我懷孕了呢，三個月了，看不出來吧。」瑜楓的手輕撫著肚子。

真沒想到有一天她們會像兩個老朋友坐在一起敘舊。唐文突然想起那一個趕赴機場交付贖款的下午，原來對同一個男人的愛可以讓她們如此親近，這是唐文始料未及的。

她們聊了很多，瑜楓的新婚生活，唐文的新餐廳，還有梁深。瑜楓臨走前，唐文裝了一盒蛋糕給她。瑜楓說：「回臺北，打電話給我，好嗎？」唐文點點頭。

時間讓她們對人生有了更深的體悟，誰也沒得到梁深的愛情，但是她們擁有了自己的人生，在陽光和煦的街道上，唐文和瑜楓握手道別。

唐文終於明白，對一個人的愛有多深，往往要到分手後才知道，就好像只有在飢餓時，才吃得出食物的美味。

失去讓人看清楚價值，擁有太多和什麼都沒有，其實相差不大。

不要再問關於「如果」的傻問題，你早已失去在她之前遇到他的機會，但是，你還是有機會遇到愛情。

【文學 001】

文學公民

郭強生 著

這本書是作者自美返臺這些年，作為一個文學人如何在動靜之間取得平衡，在理想與實務中學習的真實紀錄。如果閱讀這本書也能勾起你一種欲望，想回去一個你已經離開的地方，那就是這本書在「做些甚麼」了。

【文學 002】

極限情況

鄭寶娟 著

揮別抒情時代，生命的戲謔、無奈，令人啞然失笑或不見容於世俗的故事，鄭寶娟一一挑戰。無論是惡疾、死亡、謀殺、背叛，涉獵的主題或重大或繁瑣，思想視域總是逸出主流意識形態，提供審視人生瑣事和尋常生活圖景的全新角度。

【文學 005】

源氏物語的女性

林水福 著

本書是一本將《源氏物語》普及化的讀物。書中有對日本平安朝的社會背景、貴族生活情景及《源氏物語》相關知識的描寫，還細膩刻畫了《物語》中十九位重要的女性。從容貌、言談、舉止到幽微的情感和思緒，我們彷彿在觀賞十九幅女性的素描畫像，她們的喜和怒，樂和怨都深深牽動著我們的視線和情緒。

【傳記 001】

永遠的童話——琦君傳

宇文正 著

●琦君唯一授權的傳記

知名作家琦君有一個曲折的人生。她的童年，宛如一部引人入勝的童話；她的求學生涯，見證了中國動盪的歲月；她的創作，刻畫了美善的人間。作家宇文正為琦君作傳，從今日淡水溫馨的家，回溯滿溢桂花香的童年……，模擬琦君素淡溫厚之筆，寫出琦君戲劇性的一生。

國家圖書館出版品預行編目資料

口袋裡的糖果樹／楊明著.－－初版一刷.－－臺北市：三民，2006
面；　公分.－－(世紀文庫:文學006)

ISBN 957-14-4443-X　(平裝)

857.7　　94024252

網路書店位址　http://www.sanmin.com.tw

著作人　楊　明
發行人　劉振強
著作財產權人　三民書局股份有限公司
臺北市復興北路386號
發行所　三民書局股份有限公司
地址／臺北市復興北路386號
電話／(02)25006600
郵撥／0009998-5
印刷所　三民書局股份有限公司
門市部　復北店／臺北市復興北路386號
重南店／臺北市重慶南路一段61號
初版一刷　2006年1月
編　號　S 856940
基本定價　參　元
行政院新聞局登記證局版臺業字第〇二〇〇號

ISBN　957-14-4443-X　(平裝)